一群人的老後

我在台北銀髮村的三千個日子

黃育清——著

推薦序

閱讀長者老化經驗，促進自己健康老化

◎盧豐華（國立成功大學醫學院老年學研究所所長）

台灣地區的老年人口，因少子女化及壽命延長，導致增加的速度是世界數一數二。面對此一老化社會的現象，除了國家、社會需考量如何創造老年人親善的軟硬體環境外，每一位高齡者以及即將步入高齡者，甚至照顧高齡者的年輕族群，都需要知道隨年齡增加，人在生理、心理、社會、經濟及功能等各方面的可能改變，並提早做好準備，才能過著健康、有品質且有尊嚴的成功老化生活。因為隨年齡增長會發生生理、心理、社會、經濟及功能上許許多多預期與非預期的老化轉變，導致在食、衣、住、行、育、樂及醫等生活各面向，發生前所未遇的快樂與不快樂生活經驗。

若沒有經由學習預先做好準備，在遇到諸多不如預期的事件時，將會發生心理上的不安全感而產生恐懼，嚴重時將發生焦慮，甚至可能因為所擔心的事件實際發生而失落，進而罹患憂鬱症，最後造成身體加速衰退之惡性循環，故一定要知道前人的經驗，以做為自己的借鏡。

作者以細膩的觀察力及簡潔的文筆，很具體詳實地記錄了住在養老院十年的親身體驗，以及院中一百多位住民與自己親朋好友們的寶貴生活經驗。每篇文章先陳述所見事實的來龍去脈，最後再提出自己的心得、反思或建議。這可讓讀者細嚼慢嚥地念完每一篇文章後，隨著作者的思緒去思考並比對自己的生活體驗，進而調整個人的生活與心境。

本書對於老少讀者皆非常合適，對較年輕且為人子女的讀者而言，可以因此知道老化帶來的生理、心理、社會、經濟及功能變化，作為警惕自己自年輕時就要提早做好準備，如運動鍛鍊身體、培養興趣調節心情、經營事業保有閒錢，以及參與社交認識好友等等，以迎接未來老化生活，讓自己能健康地老化；此外透過本書可以更拉近自己與高齡長輩相處時的距離，以平靜的心情找出更恰當的應對、溝通之道，避免老年人因年輕人無法理解他們，而無奈感嘆「老了你就會知道」，從而促進長者的健康與生活品質及家庭和樂。

以較年長的讀者而言，於閱讀各章節內文之同時，相信必會產生心有戚戚焉的感動，因為知道原來自己所遭遇的問題，其實是大家所共同面對的問題，同時也預知了自己未來可能會遭遇到的問題。這不僅可以減輕心理壓力，還可因此適時地調整心態，積極地規畫生理、心理及社會等方面的改善作為，讓自己更適應各面向的老化變化。

另值得一提的是，作者以住在養老院十年的親身經驗告訴讀者，若無子女、或是家人無法在身邊照顧、或是有輕度失能時，住在養老院其實也是一種很好的選擇之一，破除住在養老院就是被子女遺棄、沒有面子、或生活孤獨等的傳統錯誤觀念。因為住在養老院的大家都是高齡者，面對的健康與生活問題皆相似，可有更好的溝通理解並在生活上相互鼓勵。還有一點很重要的是，養老院有專業人員提供完善的生活起居及基本醫療照顧，可以讓年長住民安心及其子女放心。目前台灣地區有愈來愈多好品質的公私立養老院，雖然如何慎選適合自己的養老院是另一課題，但本書至少可以降低大眾對於養老院的誤解。

總之，這是一本很生活寫實值得各年齡層讀者群閱讀，以學習如何面對老化生活的好書，得以讓年輕讀者提早學習與了解，適應未來老年生活並知道如何與老年人相處；更有助年長讀者了解自己身心機能等各面向的老化變化，進而反思與學習該如何調整個人心態，以安享有尊嚴且有品質的老年生活。

作者序

我和一群人的老後

◎黃育清

馬上就要八十歲了，到這個年齡還可以再出版一本自己的書，這種快樂真不是言語可以形容的！

年輕的時候，我用筆名「水天」寫小說，寫了大概有二十年，每個月都會有兩篇各五千字的小說，發表在《小說創作》和《藍帶》上。四十多歲後改寫散文，還是沿用了「水天」，常投稿在《中華日報》、《新生報》等副刊，把生活上一些小感動與大家分享。因為愛寫作，還曾經報名台視公司的編劇班，在那裡受訓，學習編電視劇，也曾有不少被錄用的短劇作品。

總之，不論到哪裡，我的寫作興趣從來不變。

民國九十六年，外子辛哉和我，決定搬進養老院居住，因為辛哉的頸椎有很大的問題，必須常常到醫院報到，而我們在山上的家離醫院較遠，再加上我的膝蓋不好，上下樓梯常感吃力，所以看過許多養老院後，我們選中了離市區不遠，風景又優美的這家養老院住下。

那年，辛哉七十八歲，我六十八歲。那時我們在養老院是「新生」，但卻生活得很自在。因為有不少友情的手伸向我們。

於是，可以坐什麼車去菜市場，可以坐什麼車上醫院，車子間隔時間有多久，我們很快地被告知了，而且也很快地熟悉了。

院裡住有一百多位老先生、老太太。經我暗暗觀察，有很多高學歷者，有的過去做過大事，但在這裡，大家都謙遜有禮，沒有半點架子。

住了一陣子，才知道裡面人才濟濟，有人是國劇名伶，有人是國畫家、西畫家、書法家，或是專門教授中國結的老師，或是亂針繡高手，他們都不吝嗇地拿出絕招，在養老院裡開班授徒，讓大家日子過得充實，學習到各種不同的才藝。

有些老人過去是運動員、是舞蹈家，年紀大了，無法像過去一樣追趕跑跳碰了，但他們不放棄自己的興趣，依然熱愛著運動，雖然只能做一些較緩和的，走走路、做做氣功、伸展肢體之類，就算不能做得像年輕時一樣快速，也還是一直堅持著。

而我，也是因為過去多年持續的寫作成了習慣，不免把所看到有趣的、動人的畫面都一一記錄下來。日子久了，一算，竟寫了有一百多篇之多。

辛哉說：把它們結集出版吧！

於是刪除了一些不同方向的文字，在這裡給大家留下了五十二篇。

這裡頭，有些是老人家的努力使人感動，有些是子女的孝思令

我難忘，多年下來，看著那些原本腦筋清楚、活動自如的長者，如何在子女的愛憐下漸漸憔悴……。這些，我都盡量忠實地呈現在我的文字裡。

這些年來，我們自己也有不少變化，辛哉的脊椎椎盤嚴重壓迫到神經，不得不動了手術。術後有幾年過得還算平順，現在後遺症卻愈來愈多，不但雙腳嚴重麻木，還不時伴隨著疼痛，但因為是後遺症，所以無法改善。

辛哉有一陣子很是頹喪，後來看到別的院民病得比他還重，卻還能嘻笑過日，他也因敬佩而學習起他們來，如今，他和大家一樣，盡量的動作、走路，不偷懶。院裡每天下午三點都會帶著大家做運動，那時人群中絕對有他的身影，而且他比任何人都要認真、努力。

之所以會出這本書，也是因為這麼多努力不懈的長者，感動了身為他們其中一員的我。特別要感謝他們，因為他們不為病痛的不便而頹喪，不為衰老無為而哀嘆，真是足以為許多人的榜樣。

距離我上一本書《人間有味是清歡》的出版，已經有十三年之久了，這次出的這本是關於老人生活的種種，我也是老人，所以初次用了本名來出書，讓我們一起努力、一起向前。希望藉由我們的老後生活可以帶給家中有長者的你、中年期的你，或是正在步向老年的你一些啟示和準備。

目錄

輯貳・老在一起

輯參・多謝關照

輯肆・樂在新境

一群人的老後——我在台北銀髮村的三千個日子

輯壹

幸福革命

方便的生活

如何配菜，有營養師在；如何烹調，有廚師在。

住進養老院，感受到很多方便。

第一件是熱水，一早起來，就有熱水可供洗臉。如果要洗澡、洗頭，幾乎隨時都有熱水供應。以前在家裡，熱水器和浴室有一段距離，開了水龍頭，總要等一段時間，熱水才會來，來了一陣，水溫突然燙了起來，趕緊調節冷水，慌忙時，調過了頭，水又變冷了，如此忽熱忽冷，常常不能享受到淋浴的樂趣。這裡是大樓建築，供水也經過設計，只要左右擺動水龍頭把手，很容易就可以調到合適而穩定的水溫，不用焦慮過高或過低，入浴成為安全而享受的樂事。

其次，是爬樓梯，老家在建物的二樓，年輕時上上下下，拖著一整籃的年菜上樓，也沒絲毫感覺。直到有一天，跨樓梯突然吃力起來，之後，愈來愈辛苦，膝蓋隱隱作痛，胸口上下喘氣，歲月不饒人哪！這也是我住養老院的主因，入住養老院之後，上下樓有電梯伺候，雖然住的是六樓，一天無論上下多少次，和走平路無異，沒有半點困難，很覺放心。有時聽某位親友說，他們住家要爬四層樓，都替他們捏一把汗，想到自己老了，有電梯代勞，很是慶幸。

其三，是飲食，住在這裡，可以不用買菜、不用燒菜，餐後也不用洗碗、洗鍋，這對下了幾十年廚房的我而言，真是一大福音。三餐如何料理，不用挖盡心思。如何配菜，有營養師在；如何烹調，有廚師在。用餐時，咱們只須托著餐盤，沿著分配路線走一遭，盤格裡有葷有素，吃麵吃飯自行選擇，另加水果或甜點，端到座位，慢慢享用。行動不便的長者，吃完了一抹嘴巴離席，自有工作人員代為收拾殘羹。回想當主婦的年代，燒好菜飯，自己先沒了胃口，因為煮久了、聞多了，上桌時已覺得飽了。

其四，是護理服務，二樓的護理室，有些老人每天必須來此報到，像糖尿病或高血壓的患者，要清楚自己的指數，護理師都會細心加以測量，好讓患者知道。護理站的櫥櫃中，更是排滿了註有名字的藥袋，因為有些爺爺奶奶，常常忘了服藥，必須集中管理，更常看見護理師端著一大盤的藥物，追到餐廳一一找人服用，真是好辛苦。我自己有高血壓，也常跑護理站，去量血壓和磅體重，經常看到護理師們，忙著為老人們服務，一會兒處理傷口，一會兒分發藥物，一會兒電話追蹤，她們溫柔勤勞，讓我們都很感動。

此外，還有一些設施：圖書館空間寬敞，可供閱讀；卡拉OK教室，可以歡唱；兩間麻將室，足供多人消遣；一樓大廳更是大家互動的好場所，訂有多種書報雜誌，投幣可供應咖啡，聊天閱報，日子過得十分輕鬆自在，老年能夠在此度過，也算是幸福的了。

不斷寫下去

諸多老人的終生經歷，其中有多少不為人知的故事，真是取之不盡的礦源。

我主修文學，也好搖搖筆桿。記得第一篇小說，是外子提供的題材，寫他小時玩伴的故事，相當感人，投到皇冠，不久刊了出來，這給我很大的鼓勵。於是就繼續將自己成長中的遭遇，以及親友們的悲歡離合，化成文章，投到各報刊雜誌，陸續發表出來。當了外婆之後，孫子們喜歡聽故事，看他們沉醉的樣子，想來別的小朋友一定也喜歡，就動筆寫下，結集出版。屈指一算，小說、散文、童書等結集出版者共有十本，散見各報章雜誌者則無法統計。一分耕耘、一分收穫，筆耕的的結果，總算不負當初選擇文學這條路。

歲月不饒人，轉眼已入古稀之齡，自入住養老院後，茶來伸手、飯來張口，想想也該是「休耕」的時候了。事實上，網路盛行之後，寫作的出路愈來愈窄，老人家何必和年輕人擠？慢慢也就把筆放下了。初時很覺輕鬆，久了日子也很無聊。不久前，讀到作家周芬伶在《聯合副刊》的一篇文章，標題是〈寫無止盡〉，她問：「他們都繼續在寫，為什麼我不？」這句話把我的心弦撥動了一下。好友卿珍，年齡長我一些，我們都喜歡寫作，她後來移民美國，以東方的角度看西方世界，筆觸別具風格，作品深受許多讀者喜愛。她最近有篇作品投寄《人間福報》，敘述病中感觸，抱了一個大獎，獎金五萬元。算算她年齡將近八十歲，居然勤耕不輟，我的內心有些震撼。我的長外孫，國中時隨母移居紐西蘭，現在已在當地讀大二，讀的是生物科技，和他外公時有電子郵件往返，最近在他的信件有份附檔，竟是他用英文寫的武俠小說，總共有八萬多字。我們又是查字典，又是找文法，到現在還沒有消化完，這件事情給了我們一個大驚奇，小娃兒的野心倒不小哩。唉！老的也寫，少的也寫，我這動了幾十年筆桿的為什麼不？

寫是一定要寫的，但，寫些什麼呢？養老院的生活靜如止水，通常我們會在吃飯時碰個面、問個好，飯後又各自回房，平靜的生活，沒啥特殊的事件可述。偶然有一次，鄰室的奶奶病了，敲門進去問候，聊著聊著，她提起了逝去的前夫，帶出來一段驚心動魄的故事，她視我為好友，娓娓道來，令我好生感動，真是寫小說的絕好題材，算是意外的收穫。又一次，坐在大廳中和一位老太太聊天，提起她的媳婦，咬牙切齒，如何霸占她的兒子、如何虐待姑翁、如何趕她出門，聽得我目瞪口呆，世上真有這號人物嗎？這可要好好寫一寫。

我終於體悟到，人脈就是礦脈，原來我是置身金礦之中，諸多老人的終生經歷，其中有多少不為人知的故事，如果能夠一一挖掘出來，真是取之不盡的礦源。問題是要如何讓他們把你當成好友，卸下心防，把心中真正的感受訴說出來。人與人的互動，也靠緣分，不可急著強求，看來應該和爺爺奶奶們廣結善緣，先做朋友，然後聽他們講故事。我很期待有一天，能把他們的精彩，分享給大家，這麼一來，我還能停筆嗎？當然要不斷地寫下去！

雲窗美景

我真慶幸我們有一框名畫般的窗櫺，可以欣賞百看不厭的美景……

當初，決定住進養老院時，有好些房間可供選擇。到達目的地後，搭電梯上院舍的六樓，沿著走道前行，第一眼，我們就看中這個房間。

這個房間並不大，連陽台、花枱大約十三坪左右。房舍落地窗外的一片雲天，吸引了我們的視線。從這個房間的陽台往外望，有一片別墅群，參差的紅瓦浮現在綠樹之間，遠處可見青山，更遠處是無際的雲天。參觀的那天，氣候晴朗，天是純藍的，雲是純白的，陽光下，紅瓦閃爍，綠樹搖曳，好一片歐洲風光，多年前遊歐時，看的就是這些景色。「我們就要這間了！」我和另一半相視點頭。

進住之後，每當掀開窗帘：晴天，可見一朵朵柔和的白雲，鋪陳在藍天上，形狀千變萬化，像各種動物，如羊、狗、獅……陰天，成群的烏雲，像大海中的鯨魚、鯊魚、海豹……傍晚時節，雲霞尤其亮麗炫燦；如遇颱風前夕，行雲更是險惡詭異，不禁令人讚嘆大自然的奇妙。住了好一段時間，欣賞了好多雲彩，每天都在參觀造物主奇妙的畫展，精神非常愉悅。

不久前，同樓有位住戶因事要遷出，他的房間面積比我們大些，好意邀我們去參觀，並詢問我們想不想換到他的房間去住？當然，他的房間也有一片落地窗，可以欣賞到窗外景色，雲朵並不缺少，可是陽台前只是一片空曠，看到幾塊參差的園地，遠處更只有高樓和煙囪，和我們窗前歐風的景觀大相逕庭，想不到同是一幢建築，四周的視野竟有天壤之別，我真慶幸我們有一框名畫般的窗櫺，可以欣賞百看不厭的美景，因此，也就謝謝了他的好意。

安養院是連幢建築，彼此以走廊相通，走廊接上兩樓的通道，長可五十公尺，是散步的好所在。走廊的兩邊各有六扇敞明的玻璃窗，左邊面西，近處有一片綠色山腳自右上角蜿蜒而下，遠處有高高低低的樓影，再遠處是一條天際線，也是日落所在。每當夕陽西下，霞雲四湧，色彩隨著落日變化，步步引人入勝，佇立窗前，美景盡收，久久不忍離去。走廊的另一側和我們的房間同向，所見的景色也類似，但面積卻大了許多，就像欣賞到羅浮宮中的大壁畫，讓人震撼。比較特殊的是夜景，每年耶誕節前後，各家別墅紛紛掛出燈飾，爭奇鬥豔，各色小燈競相閃爍，遠遠看去，如一片星海，真不知自己是置身天上還是人間？

我與老伴退休多年，老屋陳舊，上下樓梯尤其不便，乃決定找個地方安養天年。參觀了頗多處所，屬意現今的選擇，到目前為止，沒有不適。每天一早，鳥兒喚醒我們，在清新的空氣中展開一天的活動，飲食有專人照料，病痛有護理關懷，看書讀報之餘暇，掀開窗帘，映進眼簾的是一框畫景，藍天白雲、綠樹紅瓦，光影明暗，變化萬千，如置身於度假勝地，如此安養，人生夫復何求？

巧扇

搖動扇子，有一股蒲葉的清香散發出來，再仔細端詳蒲葉的紋路，很有美感，讓人驚嘆造物的神奇。

住同院的戴姊妹送我一把扇子，說是她姊姊親自用手工做的。我接過來一看，原來是一把淺綠色的蒲扇。

扇面沒多大，約莫比面孔略大的橢圓形，那是經過裁切之後的形狀，可以想像原來的蒲葉應該相當大，那是要經過一段時間栽種的。

戴姊妹說，蒲葉採下來之後，必需用磚頭壓平晒乾，許多葉子中，只能選得一、兩葉，那些彎翹的都得廢棄。葉子剪裁成扇型後，周邊會刺手，必須滾一層布邊，布邊的色澤和花紋要和扇面相配，我發覺那布邊是用針車小心車上去的，若不是熟手，很難車得那麼整齊。扇子的把手就是原來蒲葉的莖，看起來倒很相配，扇把的末端穿了個孔，繫了一段粉紅絲帶，雖然只是一把小扇子，倒也花了不少巧思。

搖動扇子，有一股蒲葉的清香散發出來，再仔細端詳蒲葉的紋路，正反兩面是不相同的，正面的紋路是凸起的，以扇把為中心，向四周散出，高低起伏，很有美感，讓人驚嘆造物的神奇。

夏日的傍晚，搖著蒲扇，和同樓的住戶們在交誼廳閒聊，九十多歲的李老醫師看見了，借去觀賞一番，她覺得扇面太素了，想幫我畫一些圖畫上去。我一聽就搖頭，我覺得蒲葉的面是光滑的，根本吃不上顏料；而李老奶奶的畫功如何，我們也沒領教過。貿然從事，可能把扇子糟蹋了，趕忙把扇子收了起來。

隔了幾天，在交誼廳相聚的時候，李老奶奶忽然從身邊抽出幾把扇子，分送給大家，也塞一把在我手中。仔細一看，那是一種很新潮的扇子，圓的扇圈和把手一體成型，是黑色塑膠料子，扇面是白色的絹料，很小心地裱在扇框上，扇面上已繪有圖案，略似抽象的造形，有一朵很大的紅花，周邊襯有綠葉，花的上方，還出現一隻蝴蝶，整個畫面，布置得十分恰當。這才知道，原來李奶奶早年在診病之餘，學過繪畫，以調節她緊張的生活。她住進養老院之後，因為眼力差了，所以很少提筆，但寶刀未老，雖只簡單數筆，倒也見其功力。這把扇子，和戴姊妹的蒲扇大異其趣，蒲扇是單一手工製品，很難出現相同的兩把；而李老醫師的塑膠扇子，則是工業產品，一次壓出成千上百，易如反掌。但李老醫師送給我的這一把，她的畫作是獨一無二的，所以也值得珍存。

朋友自大陸歸來，送給我一把摺扇，是竹骨製品，紅色絲墜，由三十隻竹籤疊疊而成。竹面寬約一公分，長約二十公分，染成不褪的黑色。扇面是灰色的絹料，印有很漂亮的銀色花紋。張開來約有三十公分的扇形，搖動扇子，只見銀星閃爍，隨風會飄送一股香味。每根竹骨上，都刻有縷空的花紋，以增加美觀。摺扇的好處是攜帶方便，張開來面積不小，合起來小小一條，任何手提包均可存放。

夏天來到，雖說到處都有冷氣，但扇子卻是少不了的隨手工具，把玩起來，各有巧思，手邊收集了好些扇子，仔細欣賞一番，也能帶來不少樂趣。

自娛娛人

這個合唱團維持了二十年，終因多數團員老邁而星散，留下許多珍貴的回憶。

小時候，我就滿喜歡唱歌的，尤其在學生時代，我的功課並不好，但音樂課所學到的歌曲卻都記得，回家的時候，就唱給媽媽聽，像〈菩提樹〉、〈鐘聲〉、〈平安夜〉……這些耳熟能詳的老歌，我都一一背給她聽，看她聽得高興，我也愈唱愈起勁。

那時，我們是住在小社區裡，對門的許家，有好幾個姊妹，也喜歡唱歌，放學之後，幾個人湊在一起，差點沒把屋頂給唱掀起來。許家有位叔叔，是小學老師，看我們喜歡歌唱，也教我們好多歌曲，其中有一首，歌名就叫〈大家來唱歌〉，幾十年過去了，其中有幾句還能哼得出來，「老太婆來啊，唱啊，小姑娘來啊，唱啊，大家一起來啊，唱啊，唱啊……」我們唱得院子裡幾顆老樹的葉子都簌簌了起來，大狼狗也定睛不動盯著我們看，那一段時光真是令人難忘。

學生時代過去了，大學畢業，進入社會，接著進入婚姻，幾年之間，三個小姊妹相繼報到，原本唱歌的喉嚨，也改了用途，專門用來發號施令，吼東叫西，工作和家庭兩頭拉鋸，難得有心情來哼唱歌曲。

四十五歲那年，我自職場退下，好友曉暉，介紹我參加她的文友合唱團，歌唱的細胞再度甦醒過來。團員最多的時候，有四十多位，我們每週集合一次，有專業的老師指導，唱過許多歌曲，合唱的重點，在於整齊合一，對個人的歌藝並沒有特別的訓練，但大家相聚久了，無論上課下課，吱吱喳喳，有談不完的話，每次都把嗓子累壞了，卻覺得十分快樂。這個合唱團維持了二十年，終因多數團員老邁而星散，留下許多珍貴的回憶。

合唱團散了，一日偶過住家附近的老人中心，看到老人歌唱班正在招生，向經辦小姐遞上身分證，不一會兒她對我說：「奶奶，手續都辦好了，請您下星期一來繳錢和上課。」不由得吃了一驚，什麼時候，我晉升為奶奶級的歌手了？

開班的那個星期一，上午九點半，銀髮族「擠擠」一堂，共有三十四位爺爺奶奶。男士有七位，其餘都是女士，起碼的年齡是六十歲，高齡八十歲以上的也有好幾位，老師是有豐富教學經驗的余老師。當音箱和電子琴架好之後，我們從練習音階開始，在老師的伴奏下，大家拉開嗓子，多、來、密、法……開始了兩個小時快樂的時光。

老師的教材很多元，有老歌、有新歌，有國語、有台語，也有些外國語。他也經常介紹許多名歌星唱紅過的歌曲，仔細說明其中的奧妙，好讓某些「粉絲」模仿得開心，老師也不斷地糾正大家的咬音，好讓每個人都能達到字正腔圓的標準。我們都很慶幸，有這麼一位好老師。

上余老師的歌唱班，是我每週最重要的活動，時間過得真快，算算日子，也有八年多了。當然，我們也交了許多歌唱的朋友，除了正規的課程之外，也會相約在合適的地點，大家唱唱歌、聚聚餐，可以自娛，也可以娛人。據我所知，有幾位同學，他們幾乎每天都有一場歌唱活動，真是樂此不疲啊！

老人嘉年華

馬上搶去我手上的紙券，嚷道：「我幫妳去玩，其實很簡單。」

老吾老基金會在台北市北投區，設有一處訓練中心，開有十個班次，歡迎六十歲以上老人參加。訓練活動包括歌唱、舞蹈、手語、卡拉OK等等，熱門的班別，像歌唱就開了兩班，參加的人數非常踴躍。我原是北投居民，很早就是歌唱班的成員，快樂地唱了好多年的歌。

最近，老吾老借北投區公所六樓展示廳，舉行一次成果發表會，十個班次的好幾百位老人，一早就把整個大廳擠滿了。歌唱班的表演安排在中段，我們這一班的人數有三十多位，規定統一穿白上衣、黑長褲，襟前佩一朵紅花，看起來十分整齊，大家依序上台排定，老師則站在前方指揮，伴奏樂聲開始，我們的歌聲揚起，聽眾都靜下來欣賞，我們唱〈人在世上飄〉和〈重情重義〉兩首歌，表演完畢，在熱烈的掌聲中步下舞台。

為讓參加活動的爺爺奶奶們不感到無聊，主辦單位在大廳的四周，排滿了許多玩遊戲的桌子，每張桌子都有負責人，教導老人玩遊戲，過關的可以領一張勝利卡，連過五關，集滿五張卡片，可以換一份禮物。例如有一個攤位，是走簡單的迷宮，入口之後，轉幾個彎就到出口，老人們一目瞭然，很容易就過關了，樂得哈哈大笑，並輕易得到一張勝利卡。也有玩成語遊戲的，四字成語中，缺了一個字，如「春暖？開」，只要補上一個「花」字，就可得獎。

與我同一歌唱班的月卿，很熱衷於玩遊戲，在入場的時候，每位老人都分有五張遊戲券，她急急地加入遊戲，不一會兒就滿載而歸，很高興地抱回獎品。我這人手笨，不擅於玩遊戲，遲遲尚未出手，被眼尖的她看見了，馬上搶去我手上的紙券，嚷道：「我幫妳去玩，其實很簡單。」她衝了出去，不一會兒，就抱了獎品回來，一把塞給我，雖感到受之有愧，心中還是很高興的。

仔細觀看那獎品，原來是一包書籤，裡面有五枚小書籤，製作得相當可愛。書籤是由寬約兩公分、長十公分的塑膠皮製成，內裡貼了兩片薄磁鐵，對折之後就互相吸住，把它夾在書頁上，就牢牢地定位在那裡，不像一般書籤易於散落，很具巧思。書籤正面呈各種色彩，圖文並茂，語重心長地給上了年紀的人五大心理建設，分別是：老身、老伴、老本、老友、老居。例如在「老身」這一片書籤上，就畫了一位身手矯健的老奶奶，穿著紅衣綠褲，雖白髮蒼蒼，臉上卻帶著笑容，正在活動筋骨，旁邊一行粗體字印道：「稱心的老身」，希望老來身體能隨意活動，不病不痛。又如「老本」這一片書籤，畫了一位白鬍子爺爺，手中握了一個大大的$，旁邊註道：「安心的老本」，提醒老人，注意財富積蓄，生活才能安心無慮。

其他如「知心的老伴」、「歡心的老友」、「放心的老居」等等，雖也是老生常談，但若能把這「五心」夾在常讀的書頁上，不時警惕自己，主辦單位確是用心良苦。參加這一次的老人嘉年華，真是收獲良多。

老身稱心

上百位的老人中，行動不能稱心的，比比皆是。

我已年過七十五歲，自命為「老身」，資格應該足夠。但是，人老了之後，身體還能不能運動得稱心如意，那可就不一定。就以我所住的養老院來說，上百位的老人中，行動不能稱心的，比比皆是。在下我，不用拄拐杖，不必推助行器，還能常常上下小巴士外出，可算相當「稱心」的一個老人了。

小時候，我的身體，可是非常地糟。出生之後，就交由保母來帶。保母她自己也有一個和我年齡差不多的兒子，我都只能吸到餵剩的奶水，瘦得只剩皮包骨，一陣風吹過來就會跌倒。

六歲那年，父親帶著柔弱的我在台北落腳。他看鄰居的一個女孩上了小學，就也帶我到附近的小學去報名，當年學校對年齡的規定似乎不太嚴格，居然讓我上了一年級，成了全班最小的學生。每到上體育課，我就狀況百出，練習賽跑，沒幾步就摔倒在地；練習投籃球，連籃框都碰不到；玩老鷹捉小雞，第一個被捉出來；玩躲避球，一下子就被打中。體育老師看了直搖頭，因為怕我出危險，上體育課時，乾脆叫我就在教室裡自己隨便玩玩。

母親看我實在太弱了，帶我去看醫生，經醫生細心地指導，補充良好的營養品，幾年下來，到小學畢業的階段，我的體能已發展得和一般兒童相差不遠，順著升學的階梯，上初中、師範、夜大。因為是師範畢業，所以日間在教育界服務，晚間在夜大進修。學業告一階段之後，也就順著人生的道路，成婚育兒，一路辛苦走來，我的體質一直都不算很好。

到了接近三十歲的時候，來了一個好機會，在我服務的學校裡，有許多女同事一起請了一位瑜珈老師，教大家做健身操，我也積極地參加了，每週三天，每天的下午三時開始，先是熱身，然後一節一節運動下去，結束的時候，每人都汗流浹背，起先十分吃不消，但為了要改善自己體質，堅持繼續下去，一個學期訓練下來，同事們都稱讚我活力有加，我也沾沾自喜，運動既然這麼有效，絕不可半途而廢。學期結束之後，我就把運動時間改在晚上，地點移到家裡，瑜珈操在床上就可以做，只要有適當的時間，我就運動。

五十多歲的時候，自己從職場退休，兒女們都自立離家，居室的空間可以由我自由掌控，選在客廳的適當位置，鋪一張疊疊米，每晚八時到九時，就是我的運動時間。這時晚餐已完全消化，也休息夠了，我把瑜珈操從第一節運動到最後一節，每個動作都認真到位，絕不含糊了事。運動的時候，電視就擺在目光可及的地方，選些綜藝節目，或嘻嘻哈哈，或音樂伴奏，時間一下就溜走了，運動完畢，沖個澡，渾身舒暢，這是一天中最愉快的時段。這種生活方式，我一直維持了許多年。

入住養老院多年，這個習慣也一直延續不變，運動仍在床上，床尾就有電視，愉快時段也依舊。大家都讚我有活力，七十多歲的老身，尚能行動自如，其實是多年不斷鍛練的結果，希望諸位老者，時常運動。

笑的功課

在「笑長」的帶動下，不但露出了陽光，而且還咯咯笑出聲音來，讓我好生感動。

每星期二的上午，九點到十點，養老院中有一堂健身的活動，有好幾位志工來帶領，其中有一段，是帶領老人家開懷大笑。通常老人總是比較嚴肅，不苟言笑，要逗他們笑，不是一件容易的事。

帶動養老院老人做笑笑功的，是方老師和她的搞笑夥伴，更有一位莎拉「笑長」，有她們在，保證平日不苟言笑的爺爺奶奶們，都會笑口常開。人要發笑，通常需要一個引子，例如一句笑話，或是一個滑稽的動作，同時鼓勵大家要放下尊嚴，愈「三八」愈好。

通常，莎拉會先教大家唱一個順口溜，例如：「烏鴉黑，烏鴉白，烏鴉是黑還是白……」，一面唱，一面翻手，手背代表黑，手心代表白，翻來翻去，一不小心翻錯了，便會由衷地笑了出來，你笑他也笑，所有老人家都笑了起來，就達到目的了。我們的活動是在大廳中進行，廳中有好幾排椅子，由爺爺奶奶們隨意坐下，坐在我旁邊的蔣奶奶，平日臉上多是陰霾密布，在「笑長」的帶動下，不但露出了陽光，而且還咯咯笑出聲音來，讓我好生感動。

接著，再換一位笑匠上陣，這一次，她巡迴在老人之間，先和老人擊掌互動，然後說一句他們從來不曾說過的話，例如：「我怎麼長得這麼帥呀？」說完這句話，老人家就不好意思地笑了起來。「我怎麼這麼有錢哪，哈哈，哈哈哈！」「我怎麼這麼有人緣哪，哈哈，哈哈哈……」並且要求大家盡量把笑聲加長、加大，全場笑聲因而雷動起來。

接著又換一位上場帶領，她用帶動唱當引子，例如吃剉冰，口中念：「紅豆呀紅豆，綠豆呀綠豆……剉剉剉……」一面手舞足蹈，最後哈哈哈大笑；又如切西瓜，口中念：「切西瓜呀切西瓜，切切切……」一面用左手做按住西瓜的樣子，用右手做拿刀切西瓜的動作，然後哈哈哈大笑，爺爺奶奶們一面表演，一面笑不可支；她再帶老人家唱姑娘酒窩笑笑歌，一面唱著，一面用食指指著自己的酒窩，左邊指一下，右邊指一下，老奶奶們想到七老八十的自己，居然變成小姑娘，逕自大笑了起來。

笑有許多功能，從生理方面看，如增加肺活量，促進血液循環，增強腸胃的蠕動，如果笑得手舞足蹈，更有運動的效果；從心理方面看，據說在笑的時候，腦部會分泌一種叫內啡呔的快樂激素，讓人的神經放鬆，產生愉快的感覺。在互動方面，笑的行為會互相感染，你笑我也笑，少數人的笑，可以引起哄堂大笑，所以能夠讓很多人大笑，真是功德一樁。

曾經在報章上看一段笑的七字訣：一笑煩惱跑，二笑怒氣消，三笑憾事了，四笑病魔跑，五笑永不老，六笑樂逍遙，七笑福氣好。閒來無事，如果沒有人帶領，也可以自己搞笑：「一笑煩惱跑，哈哈，哈哈哈……」由一到七順著笑個幾趟，笑果一定很好。

在養老院，每天都會安排一些活動，讓老人來參與，每當笑笑功在大廳進行的時候，參加的人數相當踴躍，我總是把笑聲放得很大、很長，讓自己過一個快樂的上午。

祈禱

當內心軟弱的時候，經過一番禱告，會有一股堅強的力量，讓我們的精神充實起來。

有宗教信仰的人，都會有祈禱的行為，祈禱的形式雖各有不同，但誠意則是一致的。

我是基督徒，三餐用餐之前，都有禱告，從小就跟從母親受洗，也養成餐前禱告的習慣。讀小學的時候，每天都帶便當到學校，午餐時，領到蒸好的便當，同學們都迫不及待地狼吞虎嚥，我須把便當放在桌前，低頭禱告後，才開始進食。但每當我禱告完畢，睜開眼睛時，對面總坐著一個男生，表示欣然接受，然後洋洋得意離去，使我非常困擾。

自那時以後，我對在人前公開禱告，採取迴避的態度。吃飯如此，即使其他的場合，我也盡量避免因祈禱而引起別人的側目，因為我的性格內向，凡事生怕引人注意，即使朋友告訴我，他們並不在意我的儀式，但在大庭廣眾之下，我會十分不自在，久而久之，我成了一個不祈禱的教友，自覺有愧於心。

入住養老院之後，這裡有好多教友，我們以弟兄姊妹互稱，其中有幾位高齡長者，禱告的內涵引人省思，在他們引領之下，我又開始禱告。尤其在星期天的主日聚會，整個儀式要歷經一個半小時，參加的人數有五、六十人之多，有些教友是坐著輪椅來參加的，他們一進入聚會的場所，便喃喃開始禱告，雖然體力已經衰微，但出自他們口中的禱告，卻鏗鏘有力，讓四周的人都感受到那種對神的崇敬，對宇宙主宰者的讚美。近來，愈覺得個人能力的渺小，我們來到這世界是一無所有的，因上主的大愛，我們得以享受一切的美好，就以陽光為例，它是何等地光明！何等地溫暖！如果有一天太陽不供應能源，這世界會變成什麼樣子？這是造物者的恩寵。

當我們禱告時，心靈的現象是看不見的，但卻可以感覺得到，當內心軟弱的時候，經過一番禱告，會有一股堅強的力量，讓我們的精神充實起來。尤其在聚會的時候，弟兄姊妹們互相支援，那種對神的敬仰、信賴、祈求的誠意，會產生一股正面的能量，讓我們勇敢向前。一個人，如果沒有信仰，遇到困難時，常覺得求助無門，如果你有信仰，情形就不一樣了，你有了求助的對象，可以向祂提出盼望、祈求、訴說，你愈是信賴祂，心靈上所得到的支援就愈堅強，讓我們遠離無助和徬徨。

現在，我已擺脫少年時期被作弄的陰影，可以在眾目睽睽之下開口祈禱，三餐飯前，在餐廳坐滿食客的環境中，也可以很自在地謝飯。新約中曾傳下很重要的教誨：「要常常喜樂，不住的禱告，凡事謝恩。」許多人都以為茶來伸手、飯來張口是很自然的事，哪知桌前的白飯，粒粒都經過辛苦的種植、運輸、炊煮……才成了我們生命的供應，用餐前的謝恩，是對供應者的道謝，也是對造物者的崇敬。我也聽過其他宗教領袖所提倡的「存好心，說好話，做好事」的三好運動，這可以和我們的經節互相輝映，雖然我們都步入晚年，但誠心求好，任何時間都不嫌晚。

閒心、閒時、閒錢

我告訴他，老人要過得輕鬆，要保持三閒——

養老院附近，多是住宅，沿院前一條街道走出去，兩旁看不到一家商店，連一間便利小店也沒有。新近在離院不遠的地方，忽然出現一家餐館，門面濶綽，裝潢不俗，我和老伴午後散步經過，大為驚奇，便順道進去參觀。

店面由高級住宅改裝，空間不小於百坪，桌椅全新，錯落有致，是很舒適的用餐環境，也兼營咖啡，這時正是喝下午茶的時段，來客不多，我用目光徵詢老伴一眼，他很有默契地點個頭，我們便選了一個靠窗的位置落座。我點了拿鐵，他選卡布奇諾，現磨現泡，濃香撲鼻，一面品嘗咖啡，一面欣賞悠揚的音樂，消磨個把鐘頭，度個非常愉快的下午。

如此閒情，當然值得一再消磨。自那以後，我和老伴，一週總有好幾個下午，在那家名叫西園的餐廳度過。服務生也和我們熟悉起來，我和老伴都叫得出他們的名字，有個男孩，名叫小立，就讀某名校，他告訴我們說，非常羨慕我們這一對老夫婦，彼此總是和顏悅色，像知心的老友般，有談不完的話，手頭也相當寬鬆，不像有些老人斤斤計較腰包，也不像有些老人，被兒孫綁得緊緊的。我告訴他，老人要過得輕鬆，要保持三閒：閒心、閒時、閒錢。他很肯定地回答說，如果他的爺爺和奶奶也能這樣過日子，他就很放心了。

回顧前塵，我們也曾辛苦過。就以喝咖啡來說，我在十九歲的時候，就得了胃潰瘍，醫師警告，飲食要十分小心，辛、辣當然要一律禁止，會影響胃液的茶和咖啡，也最好不要飲用。每回聞到那濃醇香冽的味道，看人家暢飲的神情，都只能悄悄地吞下口涎，在一旁欣羡。三五好友聚會時，在茶館或咖啡廳，人家高興點什麼肆無忌憚，我則只能要杯白開水，親友以為我節省到家，哪知我自有苦衷？一直到了四十多歲，胃病痊癒，在飲用牛奶時，試著加些咖啡，喝得津津有味，看看腸胃似乎可以接受，慢慢地再多加些「黃湯」，沒有不良反應，最後終於一杯咖啡在握，與朋友聚會，平起平坐，其樂融融，擺脫了在一旁啜白開水的自卑。

　　再看看外子，現在掏些閒錢，似乎並不在意，哪知他年輕時代，掙錢有多辛苦？七口之家，靠教師的月薪，已是捉襟見肘，何況他還一心想有自己的房子，所以東奔西跑，到處兼課，有一陣子，他每週要跑好幾個地方，即使只有兩節課，也不辭勞苦，去賺那微薄的鐘點費。自己買不起車子，每天都在公車上轉來轉去，有時從甲校轉到乙校要轉三趟車，誤餐是常有的事，回到家中，倒頭便睡，次日，一早又出門趕車去了，看在我的眼中，真是不捨，但又奈何？

我們的閒日子，算算應該始於退休的時候，那時三個女兒都出嫁了，父母已歸道山，身上的負擔全都卸下，懷著輕鬆的心情，隨興遊山玩水，國內外名勝古蹟，多留下我們的履痕。如今，退居養老院，三閒的生活，已成常態，我們的餘年想來會過得輕鬆而平靜。

金婚雞塊

我們已結伴同行整整五十年唷！

老伴最近一些日子，胃口很不好，對著餐盤總是搖頭，對著菜餚總是皺眉，他似乎一點都不餓，什麼也不想吃。前兩天，他忽然說：「很久沒光顧速食店了，有些想吃雞塊呢。」咦！他居然想念起某些食物，真令人欣喜，趕忙答應，想馬上出門去買。可是當時天色已經晚了，且剛好用過晚餐，他猶豫了：「改天再說吧。」

看看月曆，快近我倆的結婚紀念日了，心想如果在那特別的日子，來一些特別的食物，比上什麼高級餐廳都要來得有趣。因此，打定主意，金婚紀念日那天請他吃「雞塊」！可是，他這幾天雙腿無力、不便於行，最近的麥當勞，走路也要半小時的距離，搭公車，不知要等多久？叫計程車又有些小題大作，不如我自己跑腿去買回來比較妥當。我試探著問他：「這個禮拜五，我們吃雞塊好嗎？」他毫無懷疑地點頭，看來，他又忘了那特別的日子了。但今年可不相同，我們已結伴同行整整五十年唷！我想週五那天買回雞塊，開始食用時，再當場宣布，給他一個大驚喜。那一天，是二〇一五年的一月十六日。

五十年前的這一天，我們在教會中舉行婚禮，婚後暫住租來的房子，我是獨生女，他是隻身在台，說好要與我父母同住。年底，大女兒出生，頓時成了五口之家，再幾年，膨脹成七口之家。居住是個大問題，一再搬遷，都感到捉襟見肘。外子下定決心要拚得一間自己的房子，所以除了本職之外，到處兼課，七年之後，積得十萬元，準備作購屋的頭期款。幾個月之後，在北投找到一間合適的房子，三十多坪，要價二十四萬，屋主是個妙人，看我倆是規矩的上班族，答應付了頭款之後，餘款寫個借條放在他那兒，每月還些利息或本金都可以，當年民風純樸，就此成交。我們一住四十餘年，人生的重要劇本都在這兒演出。

往事一幕幕在眼底閃過：牽三個女兒的手步上紅毯，送父母雙親歸天，度過外子的車禍重傷，抱孫兒們在膝前滾動；我們也曾攜手共登巴黎鐵塔，坐遊輪盪漾於萊茵河上，並肩在澳洲黃金海岸欣賞落日，驅車攀爬北極冰山。有一次，趁家庭聚會時照了一張全家福，女兒、女婿加上外孫們，鏡頭前居然擠滿十四口，整張照片排得滿滿的，每當看到懸掛牆上的這張照片，心中就充滿感恩，這全是上蒼所賜的福分。

一月十六日那天，趁老伴午睡的時候，溜到麥當勞帶回一份加大的麥克雞塊，泡好兩杯咖啡，端放在桌上，再把他從床上搖醒，時鐘指午後三點，他睡眼惺忪地望著我：「睡過頭咧？」我指指桌上的排設，他驚呼：「哦，雞塊，還有咖啡！」我問他：「今天是什麼日子？」他瞄了月曆一眼，若有所悟地大叫：「我們的結婚紀念日，喲，今年應該登上金榜囉！」

過往的一些日子，遇有空暇，和老伴常去麥當勞，兩杯咖啡，一份加大的雞塊，相對而坐，消磨一個下午。適逢金婚之日，難得啊！這份雞塊。

窗前紫

百來個房間，每間都附有花檯，是否都蒔了花木？

還記得入住養老院居室的第一天，忙著整理，累了，很早就休息。次日起床，拉開落地窗的窗帘，隔著玻璃映入眼中的，是陽台上的一片紫色，搖曳在綠葉之上，我揉揉眼睛，心中發出問號：「那是花嗎？」再仔細瞧瞧，果然是，令我十分驚豔！紫色本來就很搶眼，這些花兒全向著陽光，有些像牽牛，卻是分開的五瓣，比牽牛柔弱，看來更惹人憐愛。

這花是上一位主人種的嗎？看來不像，由於它枝梗茁壯，一定是經歷多位主人的更迭，輪到我手上，我可也得好好照顧它。每日清晨，都舀水灌溉，讓綠枝直挺得像風骨不凡的勇士，托著嬌豔的紫裳，迎風搖曳，英姿煥發。細數枝頭上的花朵，通常約開七、八朵，最多時有十幾朵，遠望似一片紫雲，真是賞心悅目。

午休起來，探頭外望，想再欣賞一下花景，怎麼？花影芳蹤全不見了，只剩下像蒜頭般對襯著的短葉子，仔細一瞧，花圃的泥土上，全是紫色的落花，凋萎地躺在那兒，橫七豎八，像蜷縮著舖蓋的遊民，不禁長嘆一聲，這花雖然美麗，怎麼撐不到一天的工夫，就這麼謝了。連它叫什麼名字，也不知道。

隔天，老友明美來訪，和她聊起紫花的事，她住在苗栗，接近花木的機會比我多，指著窗外的紫花，問她叫什麼名字？她看了一下說，這花在鄉下常見，路邊或公園的一角，都可看到，叫做○○莉。紫○莉或彩○莉？與其猶豫，不如上網去查查看。輸入好幾個關鍵字，找出一大堆花類的圖譜，終於核對出相符的樣本，它的大名叫「翠蘆莉」，似乎沒有想像中的浪漫。

我們這幢樓，百來個房間，每間都附有花枱，是否都蒔了花木？我一時好奇起來，把頭伸出陽台，自我這六樓向下探頭，哇！真是美不勝收，看到這裡一叢黃的，那裡一叢紅的，還有掛著金色桔子的，也有張著一扇綠蒲的，我的左鄰右舍也都種了花卉。左鄰的奶奶，花枱上的植物是成叢的，長得又野又壯，葉子不大，花可開得十分豔麗，由許多小花圍成一團大花，白色、紅色、黃色、紫色……各色都有，我問奶奶，那是什麼花？她說那是馬櫻丹，很普通的花種，隨處都能繁殖，她還說，不論天晴天陰，刮風下雨，都可以看到盛開的花朵，欣欣向榮的氣氛，令老人精神受到鼓舞。而右邊的爺爺所種的又不一樣了，他種的是聖誕紅，平日只是綠色的一叢叢，到了入冬的季節，葉子從綠轉紅，在陽光下，映出一片紅光，讓心情覺得好溫暖，爺爺有宗教信仰，他說這是造物主的恩賜，美麗的紅色象徵著上主對世人的眷愛，尤其在聖誕節前後，更感受到十分喜悅和平安的氣氛。

陽台上的花圃，綻著形形色色的花木，它們是否和種植的主人之間有些相關連的故事？如果有，那真是值得探索了。但不知道種植這紫花的過客，於今何在？

輯貳

老在一起

同樓剪影

我很慶幸，有機會接觸和觀察許多不同性格的老人，並且和他們成為朋友……

我們居住的養老院，每層有二十一個房間，如果全層住滿了，自己以外，還會有二十位樓友，算是頗為複雜的小社會。我入住的時候，被分配在第六層樓，多年住下來，經歷了不少人事的變遷，有些非常令人感慨，有的則令人不勝懷念。

萬奶奶，就是令人懷念的一位，她的住房和我非常接近，我們每日都會碰面，見了面就閒聊幾句，她總是笑臉迎人，和藹可親，比我年長約十多歲，我把她當自己的長輩看待，可惜她患有氣喘病，喘起來非常痛苦，最後也因此病而離世。

吳師母，她就住在我的隔鄰，我們是同一教會，她是我們的長輩，就尊稱她為師母。她是非常虔誠的教友，她的一舉一動，都告訴我們她是有信仰的人。她常和幾位教友坐在大廳，共同研讀《聖經》，同時邀約周圍的老人參加討論，贊同也好，反對也好，她認為都是傳了福音，所以很令人佩服。她離開我們也有一段時間了，但是對她總是念念不忘。

袁爺爺，瘦長的個兒，很有個性，他是軍人退伍，說話常是命令式的，和他交談要小心，搞不好就會被訓一頓。他對院中日常的措施很有意見，一有意見就向上反應，話不投機，就衝突起來，大家對他都有些畏懼。最後，也因為意見不合，而轉住別的地方。我們都很尊敬他的正直。

現在的住戶中，有幾位很有趣。例如王爺爺，他滿面紅光，見人就打哈哈，可是你對他說了什麼，他完全聽不見。他擅長書法，常關起門來，以書寫自娛，累了就躺下休息，睡著了常會誤了用餐時間，工作人員打電話沒有反應，上樓敲門，沒人應，只好找備用鑰匙，「破」門而入，把他搖醒之後，他卻反問：「你們怎麼不告而入？」把大家弄得啼笑皆非。

同層的高齡住戶，有三位，今年都是九十七歲。

李奶奶是退休的醫師，以醫師的收入，存個豐厚的養老金，不成問題。但她對銀行非常地不信任，深怕被倒賬，隔一段時間，就要提出存款，換一家銀行。老奶奶的視力和聽力都很差，從填表、提錢、點數、轉換銀行，往往忙壞一批辦事人員，她的隨身看護，更是視此為畏途，但她卻是樂此不疲。老奶奶還喜歡唱歌，歌聲大到她自己可以聽到的時候，則全樓「震」驚。

福爺爺，早年旅居美國，生活富裕，家中有廚子、司機伺候，開的車子是賓士、凱廸拉克。他獨鍾兒子，把家產傳下去之後，換來的是不理不睬。目前安養費用，是由三個出嫁的女兒分攤。爺爺雖上了年紀，但發財的夢不斷，每期必買樂透，把零用錢全投上了，有時顯得十分拮据，他卻無怨無悔。

戴奶奶，早年投身京劇，練就很好的身段，她現在雖已高齡，每天仍有兩小時的運動，對一般老人來說，這是非常不容易的。她也篤信佛教，清晨四時，即可聽到磬聲，表示她在佛堂的早課已經開始。在身、心兩方面，她都算是很健康的老人。

我很慶幸，有機會接觸和觀察許多不同性格的老人，並且和他們成為朋友，但不曉得自己將來會是哪一型？

特立獨行

天下之大，無奇不有，讓我體悟到人性的複雜。

養老院諸多住民中，有一位戴奶奶，年齡不算大，約七十開外。據她自己閒談，多年前出了一次大車禍，情況嚴重，前後動了十多次手術，至今仍得靠助行器才能走動。一般人使用助行器，雙手撐在架上，先邁出一步，移動架子，再邁出另一步，動作比正常步行時間要慢一些。戴奶奶卻辛苦多了，前腳動了一步，後腳雖已經「發功」，卻需要半分鐘的時間，才能勉強拖「它」向前，吃力的表情，令人看了很不忍。有人勸她不如坐個輪椅，比自己苦「撐」要輕鬆些，也有人建議，不必每餐去餐廳，讓人把飯送上樓就行了。

但是，她微笑地回答：「我不打算那樣做，無論如何要憑自己的能力走動，我要上、下樓，我要進、出餐廳。這是一種最好的復健，有功能、有成就，比在復健機器上無聊地閒踩，要有意義多了！」說得一點沒錯，但行動起來卻吃力多了。例如：我們午餐時間是十一點半，通常服務台會提前幾分鐘廣播，提醒大家準備到一樓的餐廳用餐，聽到播音，充裕下樓，飯來口張，輕鬆自在。戴奶奶她可不同了，她早在開飯的前半小時，自房間出發，進電梯、出電梯、走步道、入餐廳、找座位……每一步驟，對她都是一個考驗，餐餐如此，日日如此，這須要何等的耐心和毅力啊？用餐完畢，大家一哄而散，戴奶奶回房的路徑和來時一樣地漫長，有時接近電梯，只差兩步左右，大家都好意擋住梯門等她，她的口頭禪：「不要等我，我會有壓力。」這時，以致大家早已回房多時，她才把自己拖回「家」。

她是虔誠的教友，每週必參加聚會，場所比餐廳更遠，她也拒絕用輪椅接送，照樣提早出發，儀式中歌聲嘹亮而喜樂，散會後自己再慢慢回房。聊天時，她更透露，每個月會有一次的「出遊」！「怎麼遊？」她有一位運將好友，台灣各地風景區如數家珍，就包一天的車，約三兩鄰居，到有山有水的所在，消磨一天，好不逍遙。她有時還兼任推銷員，推銷農產品。她出身農家，有許多故舊鄰居，每逢水果盛產，她就幫忙向院中推銷，又是文旦又是番茄，從訂購、分發、收款等等，好手好腳的人都覺得吃力，她卻一人獨扛，熱心令人感佩。院中時常有幾位運動老師，到院特別授課，戴奶奶總是坐在第一排，認真聽講，努力學習，感動了老師，莫不傾囊相授。

我們也認得一位王奶奶，同樣是撐著助行器，整日怨天尤人，自臥室批評到廚房。她三餐從不下樓，得派專人送飯到房間，用畢把餐盤往門口一擱，任憑螞蟻、蒼蠅亂飛亂爬。飲水機雖離她住處不遠，但喝一杯水都打電話到服務台，要求派人送去。她似乎整日都把自己鎖在房內，不知在室內都做些什麼？對面相遇，也視若無睹，有時和她同一電梯上下，大家都知道，她不會伸手按個鈕，那樣會弄髒她的手。如此這般，和戴奶奶一百八十度的相反，行徑也算獨特。

天下之大，無奇不有，讓我體悟到人性的複雜。

電梯人生

有時是莫名其妙地被帶到地下室逛一圈，大家彼此埋怨，卻不曉得錯在哪裡？

養老院的安養部是八層樓的建築，地下樓是停車場，第一層是公共空間，第二層至第七層，都是住戶，每層有二十一間。因此，我們這裡有一百多位老人家共同生活。各層樓之間建有樓梯互通，但平日的上下樓，主要靠兩部電梯。

餐廳是設在第一層，因此，住戶們每天至少有三次要下樓，用餐後回房，則有三次要上樓，再加上私人的活動和彼此的往來，所以電梯的負荷相當頻繁。電梯的空間並不很寬敞，約可擠上六、七人，用餐那一段時間，經常得排隊等候，如果遇上使用推車助行的爺爺奶奶，兩部車進去之後，所餘的空間就很有限，等候的時間要更久些。

三餐吃完飯，大家都擠在電梯口，準備回各樓層。有一位吳爺爺，他一定笑臉迎人，招呼大家先進電梯，他自己則總是最後一個進入，如果進不了，他會再等第二班。有一位吳奶奶，情況就恰好相反，她總要第一個搶進電梯，進了電梯就關門，不管後面有多少人，如果她搶不上電梯，就硬著要把自己擠進來，看得大家都搖頭。

有一位用助行器的老人家，行動相當遲緩，但是，只要他出現，總是嚷著：「等等我，等等我！」不管自己離電梯還有好幾公尺，電梯中的乘客不好意思，也只好眼巴巴地等他。事實上，電梯一趟往返，不過幾分鐘，以這仁兄的速度，等他磨蹭到電梯口，搭第二班，時間是剛好的。

進了電梯門，各人要按自己的樓層，三樓的按三，五樓的按五，奇怪的是有人就是不伸手，有位仁兄，我知道他是住在四樓，但是他不按四，我有點好奇，就在一旁觀察，只見他隨著人家上五樓，再下一樓，直到有一位乘客按了四，他搭順風車，跟著出去。探問之下，原來他有潔癖，怕按鈕上有病菌會傳染。類似的情形還不少，有好多位奶奶，進電梯手中都捏一團衛生紙，只用紙張去碰按鈕，不讓自己的手指去接觸。還有幾位，進了電梯之後，逐層流浪，不知何去何從，這些是失智比較嚴重的，得等同樓層的鄰居大聲呼喚，他們才會跟著出去。

某日，我到三樓辦完事，已是午餐時間，到了電梯口，按了下樓的按鈕，準備到一樓用餐，冷不防身邊闖出一位大嬸，伸手按上樓。「妳要上樓啊？」我問，「不！我是叫電梯上來，我知道它在下面。」她篤定地回答。一同進了電梯之後，電梯不下降，反而直上七樓，因為有人在七樓按了鈕，我們逛了一大圈，才從七樓逐層下降，多花了好幾倍的時間。我住這裡多年，這種戲碼看多了，有時是莫名其妙地被帶到地下室逛一圈，大家彼此埋怨，卻不曉得錯在哪裡？

經過一番觀察，原來電梯的上與下，在一個時段內，只能執行一種，同一時間內，要它上又要它下，神仙也沒辦法。好在我們的樓層不算高，如果一、二十層的高樓，要搭乘的時候，可就麻煩多了。

搭電梯是小事一樁，但也可以觀察到人性的各種面向，這也是人生的一課啊！

一句話的交情

能夠把握時間，多和大家互動，老奶奶真是有智慧啊。

住在養老院四樓的桂爺爺，年紀大約九十歲左右，背佝僂得厲害，行動相當遲緩，但他從來不埋怨什麼，總是笑咪咪的。院中有什麼活動，他總是積極參加。每天下午三點的健身活動，他從不缺席。最近新開的每週二呼吸淨化課程，他也一定參加。他選坐在第一排，專心地聆聽講解。很多動作對他而言，是太困難了，但是他總是努力地比劃著，看了令人感動。

我也常參加健身活動，做完了運動，有時會和桂爺爺進同一個電梯，我禮貌地向他說：「請進。」他微笑地回答：「謝謝。」不算短的一段時間，我和他沒有別的談話，到了各人的樓層，逕自回房，我們只有一句話的交情，但這又何妨，我們彼此敬重，這就夠了。

還有一位王奶奶，個兒小小的，坐在輪椅上，她的輪椅常停在我們的餐廳門口，多是在用餐完畢的時候，她微笑著看看每一位步出餐廳的老人，有認識的就點頭打個招呼，如果不認識，也會用眼光送他們一程。她和我打照面的次數多了，我們的目光熟悉起來，我善意問她：「又在點名啦？」她微笑地點點頭，我也就隨大家去上電梯了。我探問與奶奶同樓的鄰居，為什麼老奶奶吃過飯不回自己的房間休息？得到的答案是：奶奶的年紀大了，看書報、電視都不太方便，整天關在自己房間中，沒有和別人互動，太寂寞了，所以趁出來的時候，跟大夥招呼點頭，多些互動，心情快活些。飯後的餐廳門口，是每位老人必經之地，也算是一天當中最熱鬧的時間，能夠把握時間，多和大家互動，老奶奶真是有智慧啊。

我曾受過手語訓練，想到有些老人，因聽力有了障礙，溝通不便，如果能讓他們學些手語，也許有幫助，便邀請了幾位爺爺、奶奶來學手語，果然他們興趣很高，每回在學習的時候，笑聲不斷，因為有些手勢的形狀頗為奇怪，老人們不容易比得出來，每人的形狀都不一樣，因此出現一些奇形怪樣，看得大家哈哈大笑。手語學了之後，是需要記起來的，下回比的時候，才有辦法溝通。但老人們的記性並不是那麼好，上次學會了，下次上課時，早已忘得一乾二淨。像有位李奶奶，她最記得的一個手勢——「好」，就是用右手握拳，擺在自己的鼻子前方，每當我和她見面的時候，她馬上比出「好」的手語，我也回了一個同樣的手勢，我們就彼此問候過了。幾位學過手語的「老同學」，覺得這個動作方便而有善意，大家見面時，就用這個手勢來互相問候，連一句話都省了。

還認識一位唐爺爺，他更是沉默寡言，但卻熱心服務大眾。像在教會活動的時候，他總是先拿了一疊詩歌譜，分發到座位上給參加聚會的老人；交誼室中有卡拉ＯＫ的活動，他總是幫年長者操作機器，或點選歌曲，人家謝謝他，他總是一句：「不客氣。」

原來，人與人的交往，有時一句話的交情，就是很好的互動。

風風雨雨

其實，雙方都是好意，只因語言上一些磨擦，造成這種後果，真是始料未及。

身材高大的陳奶奶，走進電梯，遇到吳奶奶，伸出雙臂，熊抱矮小的吳奶奶，表示友誼。吳奶奶被突然的動作嚇了一跳，出於自衛的反射，出手把對方推開，躲到電梯的另一角，陳奶奶的自尊有些受傷，正想開口說些話彌補，可是電梯到站，就各自出去了。次日，她們又在電梯相會，陳奶奶為補昨日的遺憾，再度伸手擁抱吳奶奶，吳奶奶又擋了她一把，這次陳奶奶生氣了，寫信向女兒訴苦。

陳奶奶的女兒，自美國來電話找主任，說她母親挨了一位吳奶奶的打，要求處理這件事。

我們打聽了一下，吳奶奶就住在我的同樓，平日總是笑容滿臉，待人和善，不相信她會無故打人，而且兩位奶奶都已年高體弱，不太可能發生這種事。我和吳奶奶聊天時，她說，她了解陳奶奶的善意，但是動作太突然了，自己的膝蓋有傷，受不了重力，所以只好逃避，改天會好好向她解釋清楚。我真希望這個誤會能夠冰釋。

張奶奶和李奶奶住在隔鄰，有一天相約上附近市場購物，她們大約是上午十時搭公車出去的，下車後分頭去買東西，約好時間，在車站見面，再一道回院。午餐時刻，只見張奶奶急急自門外衝向餐廳，一面吃飯，一面東張西望，尋找李奶奶回來沒有，但是並沒有，待吃完午飯，走出飯廳時，李奶奶才怒氣沖沖自外回來，飯也沒得吃，兩人見面，場面可真火爆，彼此互指對方鼻子，怒罵一頓。「妳好意思回來吃飯，我等妳等得快餓死了！」「我左等右等，等了那麼久，沒看到妳，以為妳先走了，只好回來啦。」「妳在哪裡等？」「轉角那個地方呀。」「天哪，那妳等錯地方啦，我在我們下車那一站，腿都快站斷了！」原來市場有兩個車站都可上下，她倆沒講清楚，到底是在哪個車站碰面，彼此錯過了，這又是一場誤會。

秀清奶奶精於廚藝，常常做些菜餚請同樓的人品嘗，像雞翅加豬肚再加些蓮子煨湯，火侯恰到好處，清爽而不膩；再如將豬腳加花生和菱角燉到入口即化，分盛在紙盅裡讓大夥品嘗，各人吃完都讚不絕口。我都想送些東西作為回報，但她堅不接受，我也樂得白吃了。可是阿英奶奶接受了幾次招待之後，心中感覺有些不安，於是就請看護去買了幾顆蘋果送給秀清奶奶，但是無論如何，對方都不肯收下，並且說她從不接受人家的餽贈。阿英奶奶聽了，覺得沒有道理，妳送人家的，人家都高興地接受了，為何我送妳水果，妳就拒絕，難道咱們都是貪小便宜的？兩個人到底如何對話，我們並不清楚。但是，很遺憾地，雙方最後弄得彼此不打招呼，見面如同陌路，其實，雙方都是好意，只因語言上一些磨擦，造成這種後果，真是始料未及。

老人們之間互動是很好的，但由於個性的不同，或是退化程度的差異，許多風風雨雨也就出現了。

相繼加入聚會的還有好幾位奶奶，談話的題材也就擴大到各方面，最常談起的，當然是各家的兒女。

黃昏小聚

每當夕陽西下，大家用完晚餐略事休息之後，我們這一樓層的住戶，就會三三兩兩地到樓中心的交誼廳聚談。

周老師，她是自教育界退休的，通常會最先到達。今年已高齡九十歲的她，為人謙和，談吐文雅，因為我也曾服務教育界，所以彼此有許多共同的話題。後來，我開了手語班的課，她也來參加了，她學得非常認真，上完課還私下練習，如果教的是手語歌，她也一再地哼唱歌詞，直到能朗朗上口為止。有時，她對所比的手勢沒有把握，還會一再要求我加以糾正。她的視力有黃斑病變，正面是看不清楚的，必須在某一斜角才有影像，所以打手語的時候，我都站在她的斜前方比劃，對她來說，學習起來其實相當辛苦，她卻不以為意，毅力令人欽佩。

周老師的丈夫，在她很年輕時即因急病過世，所以她沒有子嗣，一個人住在養老院，是有一些孤單，因為她為人謙善，在親友中收了好幾位乾女兒，這些女孩們比對自己的親娘還更喜歡她，經常來院中探望乾媽，大包小包的食物，把冰櫃塞得滿滿的，有時她外出，門把上會掛了好幾包水果，我們看了都好羨慕。

繼續出場聚會的，通常是李奶奶，她是退休的醫生，年齡超過九十五歲，所以耳朵十分背，如果要和她講話，都得用喊的，喊了半天，還是雞同鴨講，只好作罷。她年輕時，應該是多才多藝，到現在，她還常在房間裡畫圖和寫打油詩，她畫了一幅抽象的荷花，被展掛在大廳，她偶爾會念她的詩作：「大家相聚真正好，說說笑笑沒煩惱。」我們就給她鼓掌。

李奶奶有時心血來潮，會拉著我們的手，說要替我們把脈，還要開藥方給我們，大家對她是否還有能力診察，十分懷疑，只好虛與委蛇一番。她有過兩段婚姻，好幾個子女，但都星散各地，各忙各的，少來探望老人。她也過得頗為寂寞，還時常為她的生活費發愁，因為行動不便，請了特別看護，加上自己的生活費，確是負擔不輕，她常關心她的存款，顯出不安的嘆息。她和周老師，通常各坐在不同的沙發上，當周老師和我討論手語的時候，她會很好奇地觀察，不久，也跟我學起手語來，先會一些兒歌，如〈兩隻老虎〉、〈三輪車〉這類簡短的歌曲，過程中製造不少笑料，大家都笑成一團，後來她的打油詩靈感也由此而來。

相繼加入聚會的還有好幾位奶奶，談話的題材也就擴大到各方面，最常談起的，當然是各家的兒女。如果哪一家的老大今天來了，還帶來一包好吃的，她就會獻出「寶」來，大夥兒分而食之，也分享了她的快樂。有時會談到各人的老伴，則有頗多的感傷，奶奶們多已喪偶，談起當年的戀愛故事，一個比一個精彩，說著說著有的就淚流滿面，引來一陣唏噓。如此這般，我們的聚會含有甜酸苦辣，每到黃昏時分，大家會不自禁地集合在一起，直到有誰嚷著：我的電視節目來了！大夥兒才一哄而散。

三老度黃昏

三人轉一圈，笑料更多，李奶奶笑得露出僅剩的兩顆門牙，樂得像個小孩。

晚餐過後，有一段空閒的時間，我們這層樓的交誼廳還是空蕩蕩的，九十多歲的李奶奶通常是第一個坐上廳旁的沙發，她的聽力不好，眼睛也看不清，坐在那裡算是休息，其實是在發呆，一待就是半個鐘頭。這時隔房的周奶奶，看到鄰居無聊，就在旁邊另一張沙發坐下陪陪她，周奶奶的視力也不好，但聽覺還清楚，也已九十出頭，她非常健忘，剛剛說過的事情，轉個頭就記不得了。通常她會先找個話題問李奶奶，例如：「今天晚餐的雞肉你咬得動嗎？」對方感覺到有人問話，回答卻是：「今晚我吃了饅頭。」兩個人就這樣扯來扯去，可以耗上大半天。有時候，我剛好經過，就幫她倆傳話，我必須在李奶奶的耳旁扯開喉嚨，大聲嘶喊，這樣我們就成了黃昏三「扯」組。

過了一陣子之後，沒了話題，三個人都待在那邊，有些無聊，那就想個點子，做拍手遊戲吧，我坐在周奶奶的旁邊，所以和她先拍起來，開始是左右互拍，接著雙手對拍，劈劈啪啪的，掌聲加上笑聲，熱鬧了起來，其實拍手的花樣挺多的，拍的部位可以延伸到膝蓋、手臂等等，拍錯了，可以罰唱歌，或擺些可笑的姿態，彼此作弄一番，時間就過得好快。我和周奶奶玩了一次，當然就輪到周奶奶和李奶奶玩，三人轉一圈，笑料更多，李奶奶笑得露出僅剩的兩顆門牙，樂得像個小孩。

因為要罰唱歌，三老把還記得的老歌，零零落落都唱了一遍，唱膩了，我想起過去帶孫子的時候，哼了不少兒歌，靈機一動，考考她倆，「妳們會不會〈兩隻老虎〉？」兩個人都愣住了，「這麼簡單的都不會，那妳們跟著我唱，」我哼，她們就跟著唱，幾遍之後，把歌詞記住了，可是拍子多少有些不符，我還是給她們很大的掌聲，她倆都樂壞了，問我還有別的歌兒沒有，「當然有，」於是：「三輪車，跑得快……」「妹妹背著洋娃娃……」「只要我長大……」紛紛出籠，嘻嘻哈哈，個把鐘頭過去了。

記起我帶小傢伙的時候，這些兒歌還可配合手勢比一比，例如：「三」可以伸出三個手指，「輪」可以用手比一個圓圈，「跑得快」可用身體作跑步的動作，加上這些動作，歌詞更加活了起來，問她倆要不要試試看，她們當然樂得嘗試，一面唱著，一面比手劃腳，可把她倆忙壞了，唱歌加上比劃，難度大多了，她們一下子忘了歌詞，一下子忘了手勢，像〈哥哥爸爸真偉大〉中的家事不用你「牽掛」，會被改成「操煩」，比出的手勢，更是什麼怪樣都有，三輪車比成兩輪，兩隻老虎變成三隻，但我都給她們掌聲。荒腔走板，手忙腳亂，一個黃昏很快就過去了。

這種生活方式，已成了我們的習慣，我們的笑聲，有時會吸引別的老人來加入，圈子慢慢擴大。聽說四樓住了多位教友，他們這段時間，多聚在一起唱詩歌，也非常地喜樂。如果每層樓的老人，都能各自發展出一套不同的活動，那我們院中的黃昏，肯定會很有意思。

牌友

有人建議高奶奶：「再湊個局吧。」她苦笑地回答：「去哪兒湊呀？」

每天下午經過本院麻將間，總可以看到四位老奶奶，有的墊著背枕，有的綁著護腰，專心地玩牌，有時也有些小爭執，但她們的相處還是一團和氣，看了令人羨慕。

四人當中，年齡最長的是高奶奶，她已超過百歲，其次是金門阿嬤，也已九十七歲，她倆都得靠助行器幫助才能行動，但她們的頭腦都很清晰，思緒井然，想要在牌桌上贏過她們，可不容易。另外兩位牌搭子，一位要從馬明潭坐公車過來，只要有牌局，她從不缺席，年紀最輕的要算李奶奶，也已八十歲左右，她們的組合，是名符其實的「四健會」，看得大家都好生羡慕。

半年前，年紀最輕的李奶奶，身體忽感不適，住到醫院裡去，每天必戰的牌局，少了一角，臨時也找到不到合適的替手，痲將間的牌聲也就靜了下來，只見高奶奶百無聊賴，推著椅子在大廳轉來轉去，最後斜躺在按摩椅上，昏昏睡去。金門阿嬤則忽而樓上，忽而樓下，不知如何消磨日子。

好不容易，李奶奶出院了，原本可以推著助行器行動的她，現在可得坐輪椅，並且需要帶著二十四小時的看護，她可不願意一日無牌局，還是約了舊日戰友，開始她們的遊戲，沉靜了一陣子的痲將間，終於又傳出了她們的輕聲笑語。好景維持了大約四、五個月，李奶奶因二度中風，又得到醫院急診，這次情形更加嚴重，因在進食時被麵包薄片噎住，呼吸中斷了好幾分鐘，幸好被救了回來，得在醫院住得久一點，好不容易恢復的牌局，只好再度中斷。

正在等待李奶奶歸隊的時候，卻傳出金門阿嬤在房中跌倒的消息，第一次在房中跌倒時，尚無大礙，第二次再摔倒的時候，腿骨受傷，無法行動，必須坐在輪椅上，九十多歲的老人家，請了全天候的看護，身體虛弱的她，再也無法坐上牌桌了。孤單的高奶奶，又得斜躺在高背椅上度過每一個黃昏。

有人建議高奶奶：「再湊個局吧。」她苦笑地回答：「去哪兒湊呀？」她私下表示，她們四個也是經過好久的磨合，大家都把稜稜角角修順了，才能愉快地相處一起，這也是緣分啊！一旦緣分盡了，是無法勉強的。說的也是，如果讓我和老奶奶搭成一組，肯定不會是好搭子，一則我們年齡相差一大截，聊天的話題一定無法契合，再則老人家的動作緩慢，我的性子急，沒有耐心等著慢慢來。如果勉強湊在一起，大家都不適應。

牌搭子看似易找，其實想要找到磁場相近的人，並不太容易。想想我接觸過的牌友中，有的每出一張牌，捏來捏去，沒超過一分鐘絕不出手；有的好發議論，把手擱在半空中，話沒說完，牌不落地；有的輸了牌，呼爹叫娘，只差沒把口水噴在你臉上；有的使性子，一手拍在桌子上，把人嚇了一大跳……。

如此看來，高奶奶想要再湊一局，還得再等緣分了。

籠中鳥

以前那個輕鬆快活的朱奶奶，完全不見了。我們攀談了一會兒，覺得她並不快樂。

朱奶奶常打電話來找周奶奶，她算是周奶奶的好朋友。朱奶奶和她的先生以前也是養老院的住戶，那時她顯得非常快樂，常常外出逛街，小掛飾一買就一大堆，掛滿了屋子，請大家去欣賞，大家都覺得很有趣。

不久，她搬離養老院，這使我覺得很訝異，住得好好的，為什麼要搬走？朱奶奶告訴我，因為她新店的房子修好了，所以要搬回去住。她在這層樓有許多好朋友，為什麼說走就走？後來周奶奶偷偷告訴我，朱奶奶也不想離開這裡，但是沒有辦法，因為她的先生想要回去，家中有兒子侍奉他。

朱奶奶離開之後，彼此還是有聯絡，每當她想念我們的時候，就會來這裡看看大家，她來的時候，總是帶來好些零嘴，每戶各送一份，彼此聊得十分盡興。有時她會請大家到新店一遊，品嘗那裡的美食，讓很少外出的奶奶們，玩得十分開心。

有一天，我陪小孫子到眼科診所看診，聽到背後忽然有人叫我，回頭仔細一瞧，原來是朱奶奶，如果不是她主動叫我，恐怕很難認得出她來。因為她看起來十分頹疲，體態衰老許多，完全變了個樣子，身旁有個外籍看護陪著，以前那個輕鬆快活的朱奶奶，完全不見了。我們攀談了一會兒，覺得她並不快樂。

回來養老院之後，我把所見告訴了周奶奶，周奶奶這才把實情說了出來，原來朱奶奶搬回新店之後，過得非常不快活，主要是因為兒子和她處不來，母子倆互不說話，但兒子卻十分孝順，執意要老爸搬回去，她為了顧全先生的心意，只好抑制自己，成全老公。朱先生本人，個性本就十分沉靜，終日難得說一、兩句話，所以朱奶奶有時一天難得開一次口，和當初在養老院時，四周都是朋友，有說有笑的日子，有天壤之別。

但朱奶奶還是常常找理由，回到養老院看看大家。前不久，我們在美髮間碰面，我問她：「近況好不好？」她回答：「我在籠子裡。」我一下子愣住了，不曉得如何再接下一句話。她本來是一隻自在的鳥兒，可以到處翱翔，如今卻自喻是一隻籠中之鳥，我們要如何勸解她？勸她回來和我們一起吧，目下暫無可能；勸她和兒子和好，跟兒子說話吧，冰凍三尺，短期內也是做不到的；勸她多和先生聊聊吧，單方面的努力會有效果嗎？

所以，人老了，會有種種不同的遭遇，很難預期。例如，經濟的狀況常左右老人的生活，想要住養老院，必須有足夠的積蓄，老而無「本」，基本生活若無法保障，還能談什麼？老伴和老友也很重要，自己的配偶遲早會有一人先走，因此老友更顯得非常重要，就像朱奶奶，原本住在養老院中，和先生的互動雖不多，但交了許多朋友，互動熱絡，日子過得多麼快樂！如今她被鎖在家中，那就像籠中之鳥，孤單而寂寞，人到老年，最好不要落到這種地步。朱奶奶也曾經和我們討論過這些問題。她說：她和先生，如果她先走，那就一了百了；如果先生走了，她還是會回到這裡來，和大家再續前緣。

微笑公主

她雖仍有笑顏，但總似陽光表面濛著一層灰雲，令人於心不忍，人的肉身是經不起疼痛折磨的。

高齡已經八十多歲的貞奶奶，初見面時，你會被她的笑容所吸引。她的笑容不是應酬，而是內心喜悅親和的自然流露，任何時間遇到她，總是笑容可掬。我常想，難道她沒有板著臉孔的時候嗎？沒有，一次也沒瞧見，她總是笑臉迎人。笑起來的時候，嘴角兩端翹起，兩眼彎成下弦月，眉目間全是善意，高雅而怡人。當你與她相遇，也會不自覺地綻出笑容，即使只有短暫的一秒鐘，也會是一次美好的互動。在諸多花卉中，我頗為欣賞水仙，它不屬於高貴豔麗那一型，在萬綠叢中，開著潔白的花朵，透著淡淡的清香，貞奶奶就像是養老院中的水仙，而且一枝獨秀。

有一次，大夥兒聚在交誼廳聊天，有人開奶奶玩笑說：「妳的笑容這麼迷人，要是唐伯虎再世，一定會追妳到天涯海角。」另一個說：「什麼？你把奶奶比做秋香呵，秋香只是一個丫鬟，我們的奶奶可是大家風範啊。」再一位插嘴說：「奶奶的風度不輸一位公主，我們以後就叫妳『微笑公主』好了！」大夥兒都拍手贊成，以後碰面時都戲稱她為「公主」。

「公主」的笑容燦爛，可身子骨不算怎麼硬朗，跌了一次跤之後，膝蓋受傷，行走時須拄拐杖。我們這裡的習慣，離開房子時間久了，要把房門鎖上，例如去飯廳吃飯，通常是要鎖門的。這對某些上了年紀的人，可是一項考驗，他們用完餐回房時，一手要提著拐杖，另一手要在口袋裡摸索鑰匙，然後還得對準細小的鑰孔開門，老人家視力大多模糊，因此在自家門口折騰老半天是常有的事。我比貞奶奶年紀小些，住房和她只相隔兩間，用餐完畢，常同時回來，每逢此時，我會故意一邊高喊：「公主回來了！」一邊伸手到她外衣口袋找出鑰匙，再幫她打開房門，送她進屋，再加一聲：「公主再見。」她眼睛常笑得像彎月，也回我一句：「多謝恩公！」我倆常玩這套把戲，一玩四、五年，累積了深厚的友誼。

有一次，她因肩膀疼痛，人家介紹到一位推拿師那裡治療，去了幾次之後，再不敢去了。她說那位先生用力過度，不但疼痛沒有改善，而且還更加重。這時，我猛然發覺，她雖仍有笑顏，但總似陽光表面濛著一層灰雲，令人於心不忍，人的肉身是經不起疼痛折磨的。病情每況愈下，她的足部原就不方便，再加上手臂也不能操作，日常的生活，如進餐、洗澡、上廁所等等，大都無法自理，每次我去看她時，都覺得她日益消瘦，以往臉上的陽光再也找不到了，看了好不令人心痛。院方這時建議，請她轉到「養護」部門，也就是專收失智或失能老人的機構。她心中不想去，但能不去嗎？

不久，我到養護部去看她，四個老人排成一列，躺在一個房間裡，不再是一個人一間了，我嘆了一口氣，偷偷擦去眼淚，看來人生旅程已到最後一站了。前年十二月初，冷氣團一次又一次來襲，我正擔心「公主」不知如何？隔天，忽然接到她女兒的電話：「媽媽走了，告別式就在這個月的十日！」

別了，公主，妳雖然走了，但妳的微笑仍留在人間，留在許多人的心坎中！

紫藤與麻雀

她拿起巴掌大小的畫作：「……以前我可是畫兩張桌子那麼大的畫噢。」

第一次見到王奶奶是在大廳裡，她笑得很燦爛，一點也不像一個已經九十三歲的老人，帶著些微沙啞的音聲，向我伸出手來：「噢，妳是新住進來的。」

奶奶很健談，問她什麼，她都會毫不保留地回答。她有三個兒女，都在國外，一年只能回來看她一次。我問她：「平常想見，都見不到，您會難過嗎？」她想了想：「還好耶，我們每天都通電話，一談就要一個小時以上，所以，我很忙……」「除了通電話，白天您都做些什麼呢？」「我畫畫呀！」「什麼？這個年紀了，還能畫畫？那您都畫些什麼？」「國畫。」她轉身指向掛在大門邊的一幅牡丹：「喏，那就是我畫的。」我上前一看，牡丹栩栩如生，真是太厲害了！一面回想我母親退休的時候，也曾學過一陣子國畫，沒半年就打退堂鼓了。她覺得老人畫畫太困難了，畫竹子，挺不起來；畫花，花瓣兜不攏。再仔細看奶奶畫的牡丹，兩紅一白，花豔葉翠，姿態曼妙，筆觸老練，這樣的作品，若不是經過千錘百鍊，是畫不出來的。「現在不畫這麼大幅的了……」她跟在我身後說：「太累了，畫不動了。」

好奇心促使我建議：「可以再看些您最近的作品嗎？」「好呀！」她回答得很乾脆，於是領我坐電梯到她的房間。「哇！」我在心裡驚呼：「這麼乾淨！」但不是光禿禿的乾淨，牆上有她的作品，冰箱上有她兒子、孫子的照片，書桌上筆、硯井然。「妳看，我現在只能畫這麼小的……」她拿起巴掌大小的畫作：「……以前我可是畫兩張桌子那麼大的畫噢。」她語氣中帶些遺憾，隨手遞給我一張近作，巴掌大的畫紙上，有美麗的紫藤花，花間飛翔一對麻雀，生動活潑。

「哇！看起來像真的。」對繪畫外行的我，只能用「好」、「真好」、「哇」來表示驚嘆和讚美。「鳥的眼睛是最難畫的，」她指給我看：「要等最後才畫，要很小心，不然，稍微抖一下，全圖就前功盡棄了！」已經九十三歲高齡的王奶奶，仍能善用她的眼力，控制她的手腕，這真是太不容易了。

後來，我又陸續和她交談好幾次，她笑容依舊，歡談依然，領我欣賞她的新作，並給我珠璣般的訓示。有一次，我見她正在院子外散步，遠遠看去，個子雖然纖小，腰肢卻很挺直，手中撐一把黑底紅花小傘，真像一位貴婦自畫中走了出來。「天氣好的時候，我都會出來走走。」看到我，她在傘下笑著：「天氣不好，只好在走廊上走動。

活動，活動，活著就要動……」我不禁想到自己，多數時間都是盯在電視上，真覺得一陣慚愧。

有一段時間沒看到她，卻驚聞她往生了！眼前又浮現出她挺立的身姿，撐著小傘，帶著微笑，似圖畫中走出來的王奶奶，她是否又回到畫中去了呢？

這邊和那邊

居住安養部的住民常自稱「這邊」，相對的「那邊」就是指養護部。

養老院是三連棟的建築，中間那幢是管理部門，右側是安養部，左側是養護部。安養部的住民尚能自由活動，養護部多為行動不便或臥床者。居住安養部的住民常自稱「這邊」，相對的「那邊」就是指養護部。事實上，尚有一個中間地帶，像康爺爺，他雖行動不便，請了一位特別護理人員，協助起居，他依然可以住在「這邊」。

康爺爺已九十多歲，平日深居簡出，但最近幾個月性情丕變，常跟看護衝突、和子女爭吵，看護個個求去，兒女們也身心俱疲。爺爺無法自理生活，總不能眼睜睜地不管他，兒女們商量的結果，唯一的辦法，是送他到「那邊」去。

他的大女兒，到養護部洽得床位之後，辦好入住手續，某個星期一的早上，哄父親說：「聽說那邊的環境比這邊更好，我們過去看看。」她用輪椅推她爸爸去養護部的七樓，事實上，是讓那邊的管理人員，確認一下將要入住的新人。坐輪椅在那邊轉了一圈，老人家就回來了，約好第二天遷過去。

爺爺心中也有預感。當天晚上晚飯後，他女兒用輪椅推他到我們這樓的交誼廳，似有和大家道別的意思。通常七點鐘左右，是這邊老人們交誼的時間，雖然溝通不是很順暢，大家都覺得滿愉快的。康爺爺的聽覺和口齒都還不錯，平日最喜歡談他的從軍故事，他參加過多次的大會戰，如何帶領部下，如何死裡逃生；也談他退役之後，如何經商有成，在美國置產，把子女都送到國外留學。但是，今晚他一言不發，低頭弄著一條帶子，一會兒拆開，一會兒又結上，神情非常落寞。散會的時候，周奶奶說：「奇怪哦！和以前相比，他好像變了樣。」

次日，早上九點鐘左右，爺爺的大女兒帶著「那邊」的社工鍾小姐，準備迎接爺爺過去。周奶奶、李奶奶、陳奶奶等幾位奶奶圍著他道別，我剛好也在場，大家七手八腳把他擁上輪椅，推他起程，爺爺皺著臉，眼眶含著淚水，喃喃地說：「我是個無助的老人……」我心中也覺得不捨，便隨著輪椅，沿著長廊，送他一程。抵達養護部，按下電紐，門就開了，經電梯直上七樓，爺爺的房間就在電梯的右側，安頓在進門的第二床，裡面共排了四張床，其餘三張都躺著人，爺爺一看，大聲哭了出來：「這裡我一個人也不認識呀！」鍾小姐安慰說：「慢慢就會認識的，來，我帶你到大廳坐坐。」就把他帶到大廳。

養護部的格局，四周是房間，當中有個大廳，能坐輪椅的，每人都分配到一張桌子和一個座位，桌上可擺電視或書報，讓他們多些活動。爺爺被推到位子上時，舉目四望，沒一個人和他打招呼，老淚不禁又自眼眶潸潸而下，當眼光和我接觸的時候，居然冒出一句：「妳是我唯一的親人了，請妳不要走。」我的淚水也飆了出來：「我會常常過來看你的。」說罷，狠下心來，走向電梯，連回頭揮手也不敢。

回到「這邊」，我常常問自己，人老了，性格不自覺地丕變，行為乖張扞格，這是他們的錯嗎？

老年學・學老年特輯❶

人生後半場，攜手「新親人」

◎陳麗光（國立成功大學醫學院老年學研究所副教授）

在漫長的生命歷程中，我們多半習慣跟家人處在一個屋簷下，然而，家庭結構的改變與家庭人口數的縮小，使得在面臨老後的各種改變時，不管是因為身體或認知功能的衰變或是喪偶等社會角色的不同，「養老院」成為高齡化社會下，人們或主動或被動的新居住安排，此時，養老院中的各層樓友，即便沒有血緣關係，但變成了我們最常相遇與互動的友伴、甚至「新親人」。書中提到一層樓若住滿，則有二十位樓友，如果能好好經營，這樣的人際網絡規模，對「老年」這個原本便易處於人際網絡縮小的生命階段，有擴大人際圈的正面功能。

破除入住養老院的迷思

本書的故事中提供了形形色色的長者形象與行徑，每個主人翁都有獨特的個性與特色，是我們在老年學上經常提到：愈老彼此愈不相同的所謂「異質性」之絕佳例證。文中描述的各種人物故事與他們日常的點點滴滴，也幫助讀者破除對於入住養老院的一些迷思，譬如：以為多半充滿悲傷或死氣沉沉，是個沒有歡笑的地方；或誤以為入住後則少有在養老院內與外活動的自由選擇……。此文生動且真實的描述，有助讀者更了解因著少子化與高齡社會下的家庭結構改變中，你我必須知道的一種生活與居住型態。

學習在身體功能限制下的適應選擇

老化的過程中，不管是因為「正常老化」或是因疾病造成的所謂「病態老化」，我們的感官與行動等功能往往會不及年輕時來得有效率，因此，如何調適功能上的改變或失去，也許可透過書中形形色色的人物，得到一些對照與啟示。比如作者在〈特立獨行〉中把同樣需仰仗助行器的戴奶奶與王奶奶擺在一起，一位怨天尤人，連一杯水都要打電話到服務台讓人送去，另一位則是把任何移動都當作最好的復健機會，甚至還每個月約三兩鄰居包車到有山有水的各風景區出遊，兩相對照下，凸顯出：當面臨某些失能不便時，選擇如何看待，會影響自己是否失去更多。而〈一句話的交情〉中的王奶奶，即便在視力上有所不便，但與其一個人困在房中，獨自面對寂寞，坐輪椅的她選擇把輪椅停在最多人進進出出的餐廳門口，對著熟悉者與陌生者以微笑問候或目送，也是種了不起的適應選擇，讓我們學習到一種在身體功能限制下，仍積極轉換困境的超級智慧，是令人敬仰的典範。

聯絡感情，彼此當彼此的老師

而作者善用自己原本便會的手語，最初只是試圖要來幫助樓友們在聽力漸衰下，可以更方便地溝通，但其實也兼具彌補視聽力改變、增加認知功能刺激、提供長輩間聯絡感情與互動機會、促進學習新事物等等多種好處，此外，對教學者本身亦有份重拾職場角色的新生活聚焦，並能增加有用感以及被需要的感受。這種善用個人在生涯或職場經驗中的擅長或專業或興趣，彼此當彼此的老師，而不老是仰賴專家來授課，是在高齡社會中非常值得推廣的作法。然而，進入成人階段後，學理上告訴我們：對於是否願意學習，人們較會漸採該項學習主題「是否有用」的實用傾向（亦即Andragogy的內涵）；而漸入老年後，除了學這東西能否派得上用場外，是否能讓其得到情誼上的溫暖滿足，則會變成重要的選擇標準（亦即「社會感情選擇理論」），所以，作者教手語的助人想法，也許可以增加上述的「實用傾向」、「情感效益」兩種元素，漸進式地來促進長輩對學習手語的興趣與使用。

增加交友的可能性，不自我設限

如同前述提到的，隨著年紀漸增，我們的人際網絡會漸漸縮小，也較少有認識新朋友的機會，「四健會」麻將牌搭子的故事看完讓人不勝欷噓。小小的麻將桌呈現著：即便是看似簡單輕鬆的休閒，一起進行該項活動的友伴，也是很需要歷經幾番磨合才能有的難得；但也真實地點出：愈往高齡，我們遇到因為疾病的挑戰而折損友伴的難免與影響。這個發生在麻將桌的故事，更提醒我們：在步入中、老年後，對於友誼必須更為珍惜，且應盡量試圖增加交友的可能性。而養老院中的長者，更可以試著摒除年齡限制或原本的個性預設，多多嘗試與他人互動，有時，個性急慢、年齡、或動作快慢等的關係，並不如想像中的那麼必然，但若因為這些預設，而失去得到忘年之交的機會，那，多麼可惜啊！

輯參

多謝關照

天色不常藍

人的青春也無法常駐，老了，就得有心理準備，接受種種的考驗。

用餐的時候，鄰桌的秀雲奶奶，臉色不是很好，問她哪裡不舒服，回說昨夜腿疼得睡不著。難怪臉色疲憊，眼袋浮腫，人變得頗為憔悴。詳談起來，她說大腿的內側肌肉，無來由地疼痛，睡覺的時候，會從夢中疼醒，整夜都睡不好，可奇怪的是，白天又好好的，可以到處走動，一點也不礙事，到底是什麼毛病，醫生也說不上來，現在正輾轉醫院的各個部門檢查中。

在房間內休息的時候，聽到室外一陣雜沓的聲音，好幾人匆匆走過，不知發生什麼事，我也跟著走出門外，轉個彎，看到張爺爺低著頭，席地而坐，就在他自己的房門口。兩個護理人員，伸手想要扶他起來，他拒絕站起來，一面說：「我不能站，站起來就頭昏。」他約九十歲左右，是一位退休的醫生。有人趕快找了一張輪椅來，抱他坐上，一面聯絡救護車，送到醫院急診。這個症狀很奇怪，頭部的位置似乎和水平的高度有關，那以後他只能坐在地上，不能站高，日子要怎麼過？

李奶奶住在樓房的最後一間，她的腰椎受傷，行動不太方便，推了一台助行車，可以上下電梯和進出餐廳。有一天，她到住房的陽台晾衣服，不小心滑了一跤，痛得爬不起來，只好趴在地上大喊救命，可能因為房間的位置偏遠些，聲音沒人聽到，喊到聲嘶力竭，只好勉強自己，由陽台通過落地窗再爬回房間，本想去拉緊急鈴求救，可是就是爬不到，她又大聲呼救，希望住在她隔鄰的爺爺可以聽到，可惜這位老先生，已聾得聽不到聲音，沒有任何反應，如何是好？到了這一地步，就像戰士已經彈盡援絕，只能聽天由命了。到了用午餐的時間，她已整整趴在地上一個多鐘頭，經常和她同桌用餐的劉奶奶，來找她一同下樓用餐時，推她的房門，卻不見有人出來，知道有些不妙，而門卻反鎖著，馬上通知工作人員用備用鑰匙開門急救，入得門來，奶奶已經奄奄一息，馬上送醫。老人家通常體力都不怎麼好，跌跤是常有的事，像奶奶這麼驚險的，還真少有。

到隔鄰養護部訪友，一樓接待室排有好幾組桌椅，我與友人選坐了一組，隔鄰的桌子圍坐了四男一女，其中有一位老伯伯，像是父親，其餘則是子女，他們正在聊天，忽然聽到有人問：「你的大兒子叫什麼名字？」老人遲疑了一下，說出三個字，其餘的人都鼓掌，接著另一個又問：「你的二兒子叫什麼？」老人又說了三個字，那人搖頭：「不對，爸，最後那個字不對。」再接下去由女的發問：「你的女兒叫什麼？」老人家想了半天，答不上來，女的問：「江素英是誰？」老人馬上回答：「我的長女。」大家又拍掌。我的朋友說，這一家的子女很孝順，每週都會來看他們的父親，為了防止老人家失憶太快，想出種種辦法和父親互動，真是用心良苦。

天色不常藍，花香不常漫，人的青春也無法常駐，老了，就得有心理準備，接受種種的考驗。

疑心

這種指控，如果她聽到了，這事情將如何糾纏不清啊？

負責打掃我們這一層樓的清潔工有兩、三位，每回打掃到我的房間，我就很高興地離開，到大廳坐坐，好讓她們清掃。有幾次，我發現她們掃到某一個房間時，都不進去，略而過之，我覺得奇怪，如果每個房間都可以免掃，那豈不是很輕鬆？我私底下問她們，這是什麼原因？她們起初不肯說，後來才吞吞吐吐地告訴我，那位奶奶疑心很重，每回進她的房間之後，她都說掉了東西，懷疑她們偷東西。所以除非奶奶請她們進去，並且親自在一旁監視，否則她們絕對不進去，以免惹來是非。那時我初來不久，對院中的情況並不熟悉，對老人們的行為也不了解，我覺得這件事需要慢慢觀察，才能得到真相。

周奶奶是這裡的老住戶，為人和善，聰明睿智，體力也不錯。九十多歲的她，去年大病一場，健康變了樣，自理能力很強的她，如今卻需要二十四小時的看護照顧。看護阿玉，非常盡力盡職，餵食、梳洗、陪伴，終日寸步不離，讓我們這些鄰居們都為奶奶慶幸。她自己也很滿意，常掛在嘴邊的一句話：「我很放心阿玉，所有的事情她都幫我打理好了。」

周奶奶的臉色漸轉紅潤，心情也不錯，常和大家在大廳聊天，可是有一次，她的話讓我們嚇了一跳。她說：「阿玉是不錯，沒有她，我可能活不下去。但是發生一件事，過年時，人家送我的紅包，統統不見了！」我們是局外人，不曉得她有多少紅包，也不便追問紅包的去處，但是我們覺得阿玉不可能偷東西。奶奶重覆了好幾遍紅包遺失的事情，最近更進一步說：「晚上，我看她開我的抽屜，我都假裝沒看見……」還好，阿玉本人沒聽到這種指控，如果她聽到了，這事情將如何糾纏不清啊？

離我們房間不遠，住了吳奶奶，她是虔誠的教友，常見她在大廳中傳布福音，和同伴們唱詩歌，生活得很喜樂。可是，有一天，她從公共洗衣間出來，對著我不斷訴苦，說她放在烘衣機裡烘乾的衣服掉了幾件。我的直覺似乎不太可能，因為我也常用那機器烘衣服，從來沒發生過這種事情，也許是老人家記錯了。

另一天，她又怒氣沖沖：「總是偷我的棉毛褲……已經掉了三次了，什麼意思嘛？」接著拉我進入她的房間，指著床上攤著的衣服，應該有十一件的，現在只剩下九件。我看了看，其中有兩條棉毛褲，心中有些奇怪，老人家一下子要洗四條棉毛褲嗎？但是我又不便和她討論這件事情，只好順著她說：「妳應該向主任報告。」她說早就報告過了，可是都沒有下文，我想，對這類事情，主任大概也很頭痛吧？

此外，還有兩位奶奶，常常埋怨說，有人趁她外出的時候，用鑰匙開了她的房門，偷拿她的東西，可以看得出來，她們很沒有安全感。我不曉得，人到某種年齡，記性差了，是否就會出現這種現象。

鬧失蹤

想回房休息，可是卻找不到回來的路……

凌晨四點多，門外人聲嘈雜，聽到有人在說：「終於找到了……」到底發生了什麼事，我並未起床，又朦朧入睡了。

第二天早上，聽到真相，原來李奶奶是昨晚的主角。奶奶原來有位陪伴的看護阿咪，因事請假，請阿桃來代班，晚上奶奶入睡之後，阿桃也睡了，阿桃半夜醒來，發現奶奶不在床上，以為她上廁所去，等了一會兒，沒聽到動靜，馬上起來察看，發現廁所裡面沒人，又在房內找了一遍，也是沒有蹤影。她有些慌了，開房門出來，到外面的交誼廳察看，可是廳中也沒人，再沿著樓上的走廊找一圈，還是不見人影，這下她嚇壞了，連忙拉了緊急鈴，通知大廳的值夜人員，兩位值班男士，匆匆衝上六樓，帶著阿桃又在樓上徹底找了一遍，還是不見李奶奶的蹤影，感覺事情不妙。

經過商議之後，決定到別的樓層尋找看看，先上七樓，找了一大圈，沒有下落，再到五樓，順沿而下，每層都找，直到了一樓，還是沒有蹤影。養老院是三連幢的建築，安養部是在第一幢，也就是奶奶的住所，既然沒有，那就沿著走道到第二幢看看，第二幢是管理部門，下班後各處室的門都鎖上，只有佛堂是開著的，佛堂裡面也空無一人，找完第二幢，再沿著通道到第三幢，剛踏上第一層樓，就看到陰暗中有個人影，縮在一張椅子上，走近一看，果然是老奶奶，九十多歲的她，衣著單薄，冷得打抖，手中還握著拐杖，三個人趕忙上前，扶起老奶奶，把她帶回第一幢的住處，大家才鬆了一口氣。

第二天晚間，晚餐過後，李奶奶一如往常，第一個坐在交誼廳的沙發上，隔室的周奶奶也用餐完畢，通常會坐在旁邊陪她，我是第三個陪坐的，加上她倆的看護，共有五人，顯得頗為熱鬧。周奶奶開口問：「昨晚妳怎麼搞不見了？」李奶奶的耳朵背，我就靠在她的耳朵旁大聲傳話，她回答說：「我昨晚睡不著，想起來走走，剛好房門沒關，我就出來蹓達，實在太無聊了，心想佛堂隨時都在播放佛經，何不到那邊去聽聽，就搭了電梯下去，那時的燈光很昏暗，一路摸到佛堂，聽了好久，覺得累了，想回房休息，可是卻找不到回來的路，心中慌得很，胡亂轉了一回，看到有椅子可休息，就坐下來了，那裡一個人也沒有，我實在非常害怕，身上又很冷，我想也許我會凍死在這裡，那樣也好，一了百了……」她一面說，一面流著眼淚。大家趕快安慰她：「奶奶，妳這不是回來了嗎？以後千萬要小心囉！」

她的看護阿咪，請了一天假就回來了，她說：「我們的奶奶常在白天睡覺，到了晚上就睡不著，在房間內亂轉，想要出來，我都是把房門鎖著的，在房內陪她耗，有時，整個晚上都沒得睡覺，但是白天的活還得照幹，一項也不能少，我們的辛苦，很少人會知道。」

的確，院中的每一層樓，都有幾位夜貓奶奶或爺爺，一不留意，就會搞失蹤，照顧的人員真的很辛苦，那個代班的阿桃更是上了難忘的一課。

看護難為

說好說歹，請了一個人來，過不了幾天，又要重新張羅，真是苦不堪言。

泰爺爺的看護阿芬，被爺爺自房中轟出來，眼中帶著淚水，我們問她發生了什麼事？她說她也不知道什麼原因，他大聲吼她，並且出手打她。她說昨夜整個晚上，他都不睡覺，一下子要屎、一下子要尿，扶到廁所，什麼也沒有，只是要折騰她，讓她一刻也沒合過眼。她還說，爺爺吃東西時，他覺得好吃的，就好好地吞下去，覺得不好吃的，就朝她吐過來，吐得她滿臉滿身，她得馬上清理地面，接著再把自己弄乾淨；再如替他穿鞋、襪的時候，他會趁機敲她的後腦，有一次，用力很大，差點昏了過去……。阿芬一面講，一面流淚，聽的人都愣住了，大家想可能泰爺爺的年齡已九十多，也許是有些失智，他無法控制自己的行為，才會出現這種情形。他已經換了好幾個看護，每個都幹不了幾天，最傷腦筋的是他的家屬，說好說歹，請了一個人來，過不了幾天，又要重新張羅，真是苦不堪言。

九十六歲的任奶奶，行動不便，視力很差，耳朵也不靈光，請了看護阿秀，每天黃昏時候，阿秀都會帶老人家出來沿著走廊走動，她和奶奶的對話必須用吼的，因為聲音低了，老人家根本聽不見，即使很大聲了，任奶奶還是一知半解，她們走路的時候，大家都以為她倆在吵架，其實只是很平常的對話。老奶奶對金錢非常計較，而且疑心很重，平常會把錢放在隱密的地方，到要用錢的時候，自己也忘了放在哪裡，卻硬說是阿秀把她的錢拿去了，阿秀得費九牛二虎之力，把錢找出來，才能平安無事，否則就要賠錢，她倆常為這事吵架，阿秀為了生活，只好忍氣吞聲。奶奶已經尿失禁，包了尿片，遇到天氣熱的時候，晚上會偷偷把尿片扯掉，半夜大「決堤」，床單、被子全濕了，阿秀就必須大費周章，連夜把床鋪重新弄乾淨，第二天還得清洗一番，她也不敢對老人家埋怨什麼。

身材嬌小的阿英，自己不過五十公斤左右，她照顧的吳奶奶，塊頭比她大多了，每天看她推著輪椅進出都很吃力，奶奶行動不便，上廁所、洗澡等等，都得由別人扶持，阿英說，最困難的是洗澡，必須把奶奶扶進浴缸，用盡全力，如果不小心摔一跤，那就麻煩大了，所以她都戰戰兢兢伺候著老人家。

阿敏伺候一位甘老爹，老爹已九十多歲，她則是熟女，身材苗條，天氣熱的時候，穿著短袖衣衫，老先生常挽著她的手臂不放，並且借機接觸她的身體其他部位，阿敏感到不舒服，請求老先生不要這樣，老爹則依然故我，大家也看得很不習慣。阿敏的貼身衣物換洗之後，沒有適當的地方可晾，只好掛在浴室裡面，老先生又問東問西，還追問她的三圍尺寸，阿敏和同樓的看護們私下談起來，覺得非常尷尬。但為了生活糊口，只好接受折磨。

這個養老院中，住了百來位老人，雇用的看護人數不少，每位看護可能都有她們的苦處，真是看護難為啊！

照護人員

起、居、飲、食、梳、洗、拉、撒……都是照顧員的職責。

養老院的照護人員形形色色，其中有幾位留給我深刻的印象。

阿玉，是一個身材纖弱的外省阿嫂，講話細聲細氣，她照顧的那位爺爺，可是高頭大馬，聲若洪鐘，一聲吆喝，會把周圍的人都「鎮」住，頗有當年張飛在長坂坡的氣勢，所以渾號「將軍」。將軍生氣時，瘦小的阿玉趕緊勇敢上前，附在他耳邊安撫一番，將軍臉色馬上緩和下來，乖乖地聽她擺布。

其實，「將軍」的身體並不好。初見時，他是坐在輪椅上，阿玉常鼓勵他練習站立，只見瘦小的她，一手提著他的褲腰帶，另一手把他的胳臂擱在她的肩膀上，「刷」地一下，魁梧的身軀居然站了起來，這才見識到她的專業底子，心細而膽大。經過一段訓練之後，老先生改用四腳助行器，慢慢地助行器也不用了，而把阿玉當成拐杖，常見他倆像連體嬰似的，在大廳中搖晃前進，有時還哼著歌兒哩！將軍的進步有目共睹，大家都對阿玉讚不絕口。其實她的辛酸不止如此，有一次在電梯中偶遇，她皺著眉頭指指將軍：「又大在褲子裡，真拿你沒辦法！」趕忙帶他回房清理。起、居、飲、食、梳、洗、拉、撒……都是照顧員的職責。

阿平，是成爺爺的貼身看護。五十歲上下，已當了阿嬤。成爺爺是洗腎患者，阿平每週要陪他上醫院洗腎三次，從掛號、租車、陪診、返家，包辦一切手續。據說洗一次腎要好幾個小時，洗後疲憊不堪，都需悉心照護，不容一絲疏忽。阿平照顧成爺爺有六、七年之久，除起居之外，爺爺也吃慣了她親手準備的伙食，非她包的水餃不吃，所以，她經常得上市場採購、擀麵、剁餡、包餃子等等，忙得不可開交。爺爺常喊她另一個小名，親得像自己的女兒，並在大家面前說：「她比我家中任何一個孩子都孝順，我是前世修來的。」

阿平因急事返鄉省親，怕爺爺斷糧，包了十多盤的餃子，把整個冰箱塞滿，才放心上飛機。遺憾的是，當她回來時，爺爺卻因急病走了。她淚痕滿面，後悔自己離開他，哭著說：「若我不離開，也許他不會走！」兩人相知相依之情，讓人慨嘆良久。

阿惠，三十來歲，模樣清秀，伺候一位九十多歲的爺爺，每天輪椅進進出出，飲食梳洗，一手包辦。她性情活潑，笑口常開，與爺爺相處和睦。但她私底下透露，老先生有些怪癖，對她的內衣穿著特別有興趣，日常談論總不離這個範圍，女性私用衣物只能在浴室晾晒，他又問東問西，令她十分尷尬。夏日炎炎，衣著單薄，老先生對她睡態頻加窺視，不小心，摔了一跤，把她嚇壞了。此後，她睡覺時，得用一件大罩袍裹住自己，雖然汗流浹背，也只好忍住，此中辛酸，不足為外人道也。

阿金，照顧的是一位老奶奶，這位奶奶出名地難伺候，能在她「麾下」待上一個月，算是難得。九十多歲的老奶奶，心直口快，喜怒形於色，一不高興，開口罵人，舉止不合意，也要挨罵。還有些幻覺，老說掉了錢，掉了存摺，糖果也被偷吃。受不了的，摸摸鼻子就走人，阿金可不，反攻回去，「妳的錢由兒子保管，哪來的存摺？」「妳根本沒買糖果，哪來的偷吃？」從室內鬧到大廳，沒完沒了。頂了四個月，阿金終於也落荒而逃。如今，我還記得她那倔強的模樣。

照顧員們，二十四小時不分晝夜，服務個性不同的老人，是相當辛苦的工作。

白衣天使們

常見她們帶著血壓計、體溫計等，東奔西跑，噓寒問暖……

二樓的護理室，是我們常去的地方，那裡的氣氛很溫暖，護理師們都很盡心。

護理室的藥架上，排滿了形形色色的藥包和盒子，註著服藥的時間和數量，規定爺爺奶奶們報到的時間，有的在飯前、有的在飯後，有時得用電話催請，再不然就托著藥盤，到餐廳一一分發給各人。這些白衣天使們，常常得盯著爺爺奶奶們把藥吞下，因為有些老人討厭吃藥，一轉眼就偷偷把藥扔掉。

這裡還保存許多紀錄冊子，每位住戶都有一份，每人每月都得測量身高、體重、血壓、心跳等。有些老人懶得做，就得打電話三催四請，有些高血壓病人，更得每天追蹤，留下紀錄。每人每年的身體檢查，或是某些疾病的特別檢查，也都歸檔在這裡，以便作為醫療的參考。每週有特約醫師定時來院駐診，就得有一位護理師陪同處理診療事務，像預量血壓、排定看診順序等等，看診完畢協助領藥，藥劑領到了，該保管的就分存各人名下，該分發的就一一電話通知，可得忙碌好一陣子。

我因為有高血壓毛病，經常到護理室報到，每次都會遇到一位老奶奶坐鎮在門口，原來她就住在護理室隔鄰，閒來無事，看著小姐們忙進忙出，似乎減輕了自己的寂寞。有時，小姐們都出任務在外，護理室空無一人，她就代為回答一些問題，或代為轉達一些訊息。日子久了，她還會提醒小姐們，誰該做什麼事，誰忘了給藥，儼然成了一室之主，大家送她一個封號：「老闆」。

時間久了，大家都只知她叫老闆，她也欣然點頭答應。她長得很慈祥，雖滿臉皺紋，卻笑臉迎人，當了幾年老闆之後，她身材漸漸瘦削，行動也不如以前利索，眼角常黏著眼屎，嘴邊殘留有食物殘渣，和她聊天時，很想幫她清一清，但又不便動手，怕她難堪。倒是有位護理小姐，每回遇到她時，迎上去就抱抱她，輕輕幫她清理一番，並無限憐惜地說：「奶奶，您要常常清洗眼睛啊，嘴巴也要擦乾淨啊！」這一幕，真讓人感動不已。

在護理室，還常常會遇見一位裝扮合時的奶奶，來時總背一個皮包，請她坐定之後，護士小姐先要查她包包，是藏了藥物嗎？不是！而是一堆用過的衛生紙，小姐忙把垃圾桶推到她前面：「奶奶，統統拿出來，扔到這裡！」她聽話地照做，一停手，「還沒扔完，要扔乾淨！」直到完全清理完畢，小姐打開抽屜，取出一包餅乾遞給她：

「喏，給妳，慢慢吃噢！」這使我想起，原來護士們有時會向我們募集一些餅乾等零食，用途是派在這裡。她們的愛心，很令人欽佩。

護理的工作，關係到全院住戶的健康，護理師的人數並不多，常見她們忙進忙出，有些病人臥病在室，必須敲門探訪，常見她們帶著血壓計、體溫計等，東奔西跑，噓寒問暖，真是名符其實的白衣天使。

視病猶親

他的態度和藹，醫術的風評也很好，彼此像老朋友見面，
看病就如話家常……

替我醫治高血壓的孫大夫，身材魁梧，每次看診，第一句話總是，「有什麼不舒服？」然後讓我伸出手，在他的血壓計前，量血壓、測脈搏……。

到他的診處報到，至少十五年了，最先的時候，只給短期的藥劑，試看效果如何，不夠則增加些，太強了則減少一些，增增減減了一段時間，看藥效穩定了，此後規定每個月看診一次，拿一個月服用的藥。

我拿的是減低血壓的藥，以防腦部中風，再附加些減膽固醇的。有一陣子，我的血壓情況相當穩定，藥量就減低了一半，原來吃一顆的，減為半顆，經過半年多，似乎沒達到預期的效果，就又調回原劑量。

從前，我有所謂的「白袍恐慌」症，在醫生面前量血壓，血壓指數就會偏高，和我自己私下量的出入頗大。這實在讓人十分困擾，因為得不到真正的數據，下藥就不準確，醫生也很為難。但和孫大夫相處久了，他的態度和藹，醫術的風評也很好，彼此像老朋友見面，看病就如話家常，心防自然撤銷，量到的血壓也是真實的，很多病友也是如此，真是不容易呀。

有一陣子，心跳有不規則的現象，他發覺之後，馬上加開了讓脈搏規律的藥，每次看診，他都不忘加問我有關脈搏的情形，真到狀況穩定之後，才撤了藥。當然，我的病歷上會有紀錄，但他的細心，仍是令人十分感激。

另有一段時間，我稍微做些運動就喘起氣來，我把情形告訴了他，本以為這不是啥子大事，可他聽了之後，卻慎重地為我另約專科醫生，排定日期，做了心臟超音波檢查。報告回來之後，他如釋重負地對我說：「還好沒有太大的問題，只是有根瓣膜，有些脫垂的現象……」有句話說視病猶親，孫大夫真是當之無愧。此後，在每月例診時，我都會把自己身體的狀況向孫大夫報告，他是最好的顧問，在他診治範圍內的，他當然管定了，不在他範圍內的，他也會給很好的轉診建議，讓人安心許多。

我退休之後，住進養老院，院址離孫醫師看診的地方有一段距離，我還是憑著老習慣，每個月到他那裡報到。先要搭半小時才有一班的小巴，再轉搭捷運，下了捷運，還得步行一段路，才能到達，前前後後，總得花上半天時間。院友們知道了都說：「降血壓的藥都一樣啦，我們這裡就有駐診醫生，妳請他開就可以了。假如妳覺得駐診的醫師不夠好，這附近名醫也不少啊，一趟車就夠了，何必跑得大老遠？」

我自己倒是覺得，看病不光是拿藥而已，還有醫師對你的關懷和祝福，他就像一位好朋友，朋友的溫暖是可遇而不可求的。我若捨棄老醫師而就新醫師，就像放下老朋友而重新去攀識一位新朋友，心理上多少有些不安。

因此，我依舊搭巴士、坐捷運、走路去看我的老醫師，看診的時間不超過五分鐘，但從他的診間走出來，心中顯得非常輕鬆和篤定，畢竟，十多年的信賴是不容易動搖的！

運將們

等到老人都坐穩了，才慢慢鬆開煞車，輕輕踩油門，絕不讓老人們感到顛簸搖晃。

入住安養院之後，慢慢習慣了這裡每半個小時一班的小巴。還好車種頗多，有棕5、棕11甲、棕11乙等三種。甲車可以到動物園接捷運；乙車則相反，往萬芳和台北的方向開。有時，同一時間三種公車同時到站，讓我們有充裕的選擇，等車不會覺得太過無聊，也算一種小確幸。

坐車久了，慢慢和司機先生熟悉起來。有一位運將，開始的時候，對他並沒有特別的印象，坐他的車，不時會聽到他對乘客的叮嚀：「要開車了哦，請抓好把手！」「要轉彎了哦，請抓緊！」有時他對年長的我們會主動說：「早，請上車。」或是：「下車囉，腳步請踏穩！」語氣溫文，禮貌周到。一次、兩次、多次之後，心中不禁會問：他是誰啊？趁著坐車餘暇，瞄一眼公車前端的名牌，哦！白○○。因此，每回乘車，只要聽到熟悉的叮嚀聲，我就知道今天是坐了白先生的車子。

每逢放學時段，全車滿載，到了養老院這一站，見有老人上車，白先生就常提醒學生們：「各位同學，有老人上車了，請把位子讓給長輩優先！」事實上，學生們也很有禮貌，早都站起讓位了。他還很仔細地等到老人都坐穩了，才慢慢鬆開煞車，輕輕踩油門，絕不讓老人們感到顛簸搖晃。有這樣的公車司機先生，讓我覺得人間還是充滿溫暖。

我也常搭乘某路接駁車到老王家參加四健會。初上車的時候，突然聽到一個好大的吆喝聲，搞不清是誰在發脾氣，再仔細一聽，原來是司機大哥在發號施令：「坐下！請先找位子坐下！」原來有一位老人上車，急著掏口袋裡的車票要刷卡，顫巍巍的樣子，司機怕他摔跤，命令他先坐下。過一會兒，又聽到粗大嗓子：「出來！」「要下車的先出來！」「刷呀！」又是一個斬釘截鐵的聲音，原來，車子正在等紅燈，趁等燈的時間叫要下車的人往前移動，並且先把卡刷了。「扶好！先扶好！」「不要急啦，我一定會等你啦！」這位運將，不但掌握了車子進行的路線，也充分掌握車內的所有動靜，把乘客們安排得井然有序。和白先生的溫文有禮相比，他屬於另一類型，雖然所有的口氣全是命令，但可以體會出他並無惡意，只是每人的個性不同，語氣各異，我也看了他名牌：李○○。久久坐一回李先生的車子，每次聽到他對乘客下令：「出來！」我就心中暗自好笑，但並不以為忤。

在捷運站轉搭計程車回家時，好幾回搭上徐姓運將的車子，聊天之餘，他常會出些謎語給我們猜，頗有巧思，例如：口吃、心算、二八之類。口吃的謎底是：一言難盡；心算的謎底是：心中有數；二八的謎底是：屈臣氏，為什麼？七乘四，取其諧音呀。逗得我們哈哈大笑，一轉眼，車子也就到家了。

如果我是運輸業的老闆，我一定會請這幾位先生來我的公司，並且付以重任。因為除了開車之外，有熱忱、有秩序地服務乘客，讓大家有賓至如歸的感覺，才是服務業的真諦。

推手

坐輪椅上廁所，可不是那麼容易，要有受過訓練的來幫忙才比較安全……

養老院中，每逢週日，參加教會活動的會友，約有五、六十位，分別來自安養和養護兩個部門。安養部的老人們，多能自己步行到聚會的地點，其餘的由於行動不便，都要有人幫忙，把坐在輪椅上的教友推來參加聚會。

這些幫忙的人手，我們習慣上稱為服事的弟兄姊妹，來這裡服事的，男女老少共約十來位，最年長的已七十多歲。有一次，因為服事的人手不夠，我也參加了推輪椅的工作，推著推著，忽然聞到一股尿騷味衝鼻而來，這味道來自坐輪椅的爺爺，勉強把椅子推到定位，排列好之後，心中覺得有些不安，怕周圍的人會聞到臭味。事後和服事的姊妹討論這件事，原來她們早已司空見慣，養護部各樓每個房間都住有四位長者，多數是臥床或不良於行，便溺有賴護理人員協助清理。姊妹們進入這些房間，難免都會聞到一些味道，這是大家必須接受的考驗。通常，姊妹們會和護理人員先做些清理工作，然後再把老人家推來聚會。

即使如此，還是經常會出些狀況，例如聚會到一半，有位爺爺椅子底下忽然流出液體，服事人員得馬上加以清理，會場的秩序也因此受到影響；又如半途忽然有人要上廁所，這就男、女有別了，只能找同性的服事人員來幫忙，坐輪椅上廁所，可不是那麼容易，要有受過訓練的來幫忙才比較安全，要把行動不便的身體移到便器上，須要足夠的手勁，一個不小心，跌跤了事情可大條囉。我還看到有位奶奶，隔一會兒，就要擦一次口水，服事人員就得隨身準備衛生紙，幫她擦拭。這令我體悟到，原來服事工作並不是那麼容易。眼看七十多歲的孫老師母，笑嘻嘻地幫著推輪椅，心中非常地感動，像她這麼高齡，應該接受他人的服務才是，而她卻高高興興地服事別人。

安養部有位男教友，我們都叫他隋弟兄，平日很熱心教會的活動，每週聚會的場所，幾乎都是他在布置，通常他都在週六的下午，把桌子和椅子排好，週日聚會的時候，秩序井然。不知為什麼，隋弟兄忽然性情大變，這些事情他都不做了，成天口中念念有詞，都是罵人的話，院友們看到他都避之唯恐不及。這時，唯有教會中一位俞弟兄敢接近他，和他攀談，知道隋爺爺過去曾是海軍的高級軍官，提起他許多榮譽的事蹟，把他安撫了下來，並帶他去看醫生，才曉得那是老人失智的前兆。過了不久，隋老爹的病情變得嚴重，必須住進養護部門，但他身邊沒有親人，俞弟兄就挑起這些重任，為他安排住所，而且每週都會去探望他，然後把情況報告給大家知道，請大家為老弟兄代禱，直到他離開了我們。俞弟兄這種服事的精神，讓我們感覺到教會就像一個家，讓我們都感受到家的溫暖。

以前，我參加做禮拜，到了時候進會場，聚完會大家一哄而散，以為天經地義就是那樣子。自從參加推輪椅之後，才曉得一場聚會，自開始到結束，背後隱存著許多無形的「推手」，一時心中充滿了感恩。

子女難為

她的家屬也很傷腦筋，她並不缺零用錢，只是就是不能自制。

雲奶奶，很令人困擾。

每當院中的茶藝室開賣水果，她必然來參觀，看著看著，隨手摸了一串香蕉，趁工作人員不注意的時候，不付一毛錢，把香蕉偷帶回房。一而再，再而三，工作人員只好把實情向她的子女訴說，子女們很難為情：「該多少錢，我們照付。」當然，他們私底下勸過媽媽，好像效果不大。

有一次，我們家族十多人在茶藝室聚會，外叫了幾份披薩，正熱鬧地圍著桌子，一面吃餅、一面聊天，享受天倫之樂。奶奶看到了，不管什麼場合，馬上插了進來，伸手向我：「給我一塊！」不好拒絕老人家，請她吃了一塊。披薩下肚之後，她繼續在桌間徘徊，眼光盯在薯球上，站住不動，聚會的氣氛完全被破壞了，我不得不小氣地對她說：「奶奶，不能再吃了。」把她帶出門去。

有一陣子，她對佛堂很有興趣，以為是去拜拜，後來有些供品不見了，原來被她偷吃了。供奉的人認為這是大不敬，不歡迎她進去，難免一場爭吵。

院方輔導人員對她也十分頭痛，有人建議，應該讓她退約，和家屬商議多次，他們一再懇求：「放在家裡更糟，她常向外亂跑，拿人家東西，被逮到了，我們得時常跑警局和法院！」她的女兒說：「她的毛病，我們都清楚，她拿人家多少，我們願意全部照賠，請你們行行好，讓她有個落腳的地方。」

社工人員每隔一段時間，都要到雲奶奶居處「查房」一次。只見冰箱中塞滿形形色色的食物，水果、餅乾、菜餚，當期的、過期的混在一起；櫥櫃中堆積許多五顏六色的雜物，不知從哪兒弄來的。把冰箱清乾淨，把雜物掛出來「招領」，奶奶沒有一句辯解，也沒有不悅的表示，似乎那不關自己的事。後來聽說，有些失智的人對東西的所有權很模糊，哪些是自己的，哪些是別人的常搞不清。

富奶奶，情況也有問題。

服務台小姐收費的時候，她常擠在一邊，一不留神，就抽走幾張鈔票。事情發生幾次之後，人家就向她的子女反應，她的家屬也很傷腦筋，她並不缺零用錢，只是就是不能自制。

過一陣子，忽然見她正襟危坐在大廳的桌子前，一手拿鉛筆，一手拿尺子，在白紙上細心地畫格子，畫完格子之後，開始一格一格地寫字，寫些什麼？由社工們寫示範字，先是筆劃簡單的，後來也見她寫出「松下問童子，言師採藥去」等詩句，筆劃雖不怎麼工整，但也有模有樣，面上表情也多了些氣質。聽說她以前在市場賣菜，沒讀過什麼書，閒來愛摸摸數數鈔票。她的子女們想出這個點子，讓奶奶每天學習寫字，每天五頁，如果順利完工，獎金一百元，到社工那裡現領。

子女們知道，奶奶閒不住，想些活動讓她做，她喜歡數鈔票，寫完字有鈔票可數，既可打發時間，也滿足了她的癮頭，這真是個好主意啊，我不禁佩服他們的用心。

夕陽無限好

聽說慈烏會反哺其母，我沒親眼看過，但目前這一幕，卻是何等動人啊？

晚餐的時候，常在餐廳看到一位身材略胖的年輕人，約略二十來歲。一次兩次，不以為意，多次以後，竟發覺他天天都出現，這就有些奇怪了。如果是餐廳的服務人員，我們早就熟悉了，但他又不是，那他是幹嘛的呢？經過一陣觀察之後，原來他常常隨著一位王爺爺進進出出，有時就坐在爺爺餐桌邊陪他用餐，有說有笑的，但自己並沒有進食。這是需要一些修養的，要是我個人，可能做不到，該吃飯的時候，饑腸轆轆，看著人家一口一口吞下美饌，有多難耐？

打聽了之後，原來他是王爺爺的兒子。爺爺真是好福氣，他人高馬大，腰圍寬廣，人未到，肚子先到，滿臉笑容，嘴巴裡常有嚼不完的饅頭，喜歡研究象棋，也常下海打麻將，到歌房唱卡拉ＯＫ，日子過得很愜意。他父子倆的互動，令我有些好奇，看起來是上班族的兒子，是在哪兒上班？上班的地點離我們養老院近嗎？如果不近，如何能在我們晚餐時間五點半之前趕來？這個兒子結婚了嗎？如果自己有了小家庭，該不該回去陪妻小吃晚飯？做先生的每天晚餐都不在家，是否有些失責？我很想問個明白，可是我們又沒熟悉到可以開口，畢竟這是別人的家務事。

總之，我和許多人都很羨慕王爺爺，這是上輩子修來的，他看起來是個大而化之的人物，並不屬於嚴管勤教那一型，目前這個時代，居然出現一位就算在古代也難得一見的「孝子」，他倆雖不是什麼帥哥美男，卻是餐廳中很美的一幅畫面，大家都從內心祝福這一對父子。

另一幅畫面，是一對母子。

母親張老太太，年齡已有九十多歲，失智頗為嚴重，佝僂著身子，常常坐錯電梯，找錯方位，如果沒人帶領，進餐廳也是有一頓沒一頓的。

可是當兒子出現在她身旁的時候，情況就大不一樣了。他是位帥氣的中年男子，西裝畢挺，頭髮亮黑，像是某個單位的主管。母親就依附他手邊，也打扮得清清爽爽的，一點沒有平日邋遢模樣，他們倆進餐廳坐定之後，兒子領回食物，陪坐在母親身旁，一匙一匙把飯菜餵進媽媽口中，她一邊吃著，一邊咿咿呀呀：「兒子啊……小乖啊……我好開心……」，只恐人家不曉得那是她兒子。那位大男人一點不矜持，放下身段，一面微笑著把食物送進媽媽口中，一面說些安撫老人的話語。

他們多半在晚餐時候相聚，如果天氣好，這時正逢夕陽西下，餘暉自窗外斜照在母子身上，白髮蒼蒼的奶奶張著待哺的嘴，瀟灑的兒子輕輕地送上湯匙，當這一幕跳進眼簾，我的淚水不禁奪眶而出。聽說慈烏會反哺其母，我沒親眼看過，但目前這一幕，卻是何等動人啊？

當張奶奶住在院中的時候，我們經常會看到她們母子相聚的畫面。後來張奶奶出院回家，聽說為了方便照料，他們雇用了一位外勞，專職伺候老人。

如今，每當晚餐時刻，看到夕陽照在張奶奶曾經坐過的位子上，常興「夕陽無限好，只是近黃昏」的感傷，不知她老人家近來可好否？

孝子和孝女

如今他老了、病了，當然輪到我們來關心他。

養老院中有幾間教室，我常到那邊看看書或寫寫雜記。如果是下午去，一定會看到一幕，一位頭髮微禿的男士，推著一張輪椅，椅上坐了一位纖秀的老奶奶，沿著走廊，推向室外的陽台。陽台的對面，是連亙的青山，山外是一片藍天。把輪椅安置好，那位男士自己也端來一把椅子，陪坐在奶奶身邊。

「呃！看看對面的山，很漂亮對不對？」他向著奶奶說。

她沒有反應。

「那是山對不對？綠綠的，上面有很多樹，漂不漂亮？」
依舊沒有聽到任何回答的聲音。
他繼續大聲地說著話，一問一答，不知情的人，以為哪裡來了一個精神病患者，幾位原本在教室中看書的人都紛紛離去，大概是受了干擾。
打聽了之後，才知道那是一對母子，母親已失智多年，住在養護部，情況很嚴重，兒子原來久住美國，為了母親，放下所有事業，回國來看顧媽媽，他租房子在附近，每天上午處理隔洋的業務，下午準時到母親跟前報到。像一位幼稚園的老師，耐心教導學生，只要她點頭或眼光有反應，他就大大給予讚賞，或開一瓶飲料作為獎品。
有一次，看到電線上停了幾隻麻雀，他馬上問母親：「那是什麼？」
「什麼？」柔弱的聲音似有若無。
「麻雀，那是麻雀，說說看。」

「麻……雀」她猶豫著。

「對了，妳說對了，數數看有幾隻？」

「有……幾……隻……」

「一、二、三，三隻對不對？」

老母親望望兒子，又望望天空，微乎其微地點了一下頭。

「媽媽，妳好棒啊！來，我們來吃一塊餅乾。」隨即塞一塊餅乾到老人家口中。

我的眼淚不禁流了出來，若干年前也許演過這一幕，但角色是倒置的，那時是一位年輕的少婦，逗著懷中的幼兒咿呀學語。原來，愛的反哺，經歷多久時間都不會消退的。

我在養老院的門口搭公車，常會遇見一位女士，滿頭白髮，瘸著左腳，上、下車都很吃力。有一次，剛好坐在她身邊，聊了起來，原來她每天都自家中來這裡探望癱瘓的父親。

她說：「我母親在我很小的時候就去世了，爸爸為了我們幾個孩子，終身未曾再娶，如今他老了、病了，當然輪到我們來關心他。」

她的父親住在養護部，有一次，我有事到那邊去，看到這位女士坐在大廳，和護理師們大聲地聊天，她的嗓音提很高，笑聲也很陽光。據我所知，她身體情況並不好，病痛很多，經常跑復健中心。那次，並沒有看到她父親，她父親病房應該就在那附近，可是沒辦法起床，所以她只好大聲說話，好讓她父親聽見。我想，她父親的聽覺應該還可以，有時候，聽到兒女的聲音也是很大的安慰。相較於那位男士鼓勵母親細數麻雀，這位女士也是用心良苦啊！這麼一想，我的淚水又不自主地湧出來了。

兒女心父母情

這類水果重「香」不重「吃」，多麼體貼呀！聞著聞著我們好像都分享到一分孝心。

王媽媽常常分贈東西給我們，那些贈品都是她的兒女們孝敬她的。她的兒女們每旅行到一個新地方，都會帶回一些當地的名產，如酥餅、蛋捲、小魚乾之類，有時是很精緻的，甚至是我們從未曾見過的土產。

最近，她送我們每人兩個小托盤，是一種樹脂產品，上面印有精緻的圖案，色彩鮮豔、花紋新潮，可以放置糕點、水果等食物，大家都很喜歡。她的兒子很會買這一類東西，照顧了她母親，也照顧了我們這一群老人。

張媽媽有好幾個兒女，他們也經常來探望母親，帶來的禮物多數是鮮果，張媽媽也同樣會轉送給我們。最近，她送幾顆小芭樂，外皮黃黃的，可裡面的心卻是紅紅的，遠遠就可以聞到它的香味，她送給我們的時候，順便用閩南語說：「聞香，聞香。」大概是她兒子轉告她的，這類水果重「香」不重「吃」，多麼體貼呀！聞著聞著我們好像都分享到一分孝心。有時，她會送兩枚超小的香蕉，肥肥胖胖的像手指，可愛勝可口，她很快樂地笑著說：「我二女兒送的啦。」我們也感染到她的喜悅。有一次，經過她門前，她叫我稍等片刻，進屋拿了一個袋子出來，很慎重地取出兩顆小圓球，一面很得意地說：「是鹹的呵，我小兒子送來的。」我不曉得那是什麼點心，她兒子真會討她歡心，看她那珍惜的表情，真是母子連心啦。

周媽媽本身沒有生育，卻有好幾個乾女兒。這些乾女兒們不輸親生的，時常輪流來看她，門戶始終川流不息，我們都羨慕她的好福氣。到她的房間，她的冰箱總塞得滿滿的，都是乾女兒們替她準備的，常見她把一包一包過期的東西扔掉，她的口頭禪是：「我哪兒吃得了這許多，叫她們不用再買了，總是不聽。」嘴上雖是埋怨，心中可是暖暖的。周媽媽的衣著、鞋子、床單、被罩……全是乾女兒們替她準備的，她常說：「我沒什麼講究，她們買什麼，我就穿什麼。」可她全身上下全是精品，透出一股貴氣，令人尊敬。我們都很奇怪，這些女孩為什麼對周媽媽這麼好？與她談了幾次話之後，原來當年女孩們常到她家作客，她把她們視為己出，常送學用品，真心疼過她們，如今得到回報，這也是一種愛的循環吧！

前幾天，在交誼廳聊天，大家對我穿的一件新衣服讚賞有加。王媽媽說：「款式很不錯，很新潮。」張媽媽說：「質料看起很好，蓬蓬鬆鬆的。」周媽媽說：「色彩也很大方呀，中規中矩的。」本來沒放在心上，被她們一說，倒記起來了，這件衣服是我大女兒送的。她旅居紐西蘭，衣服是她上次回國時帶給我的，說是在網路上特別為我挑選的。台、紐兩地，相隔半個地球，那邊流行的衣著，台灣當然看不到，所以大家都覺得很新奇。原來女兒也是很貼心的，並不是隨手帶個東西交差了事。這麼一想，得意了起來，也扯開喉嚨：「這是我女兒在紐西蘭特別替我買的！」

真是家家有本兒女經，當父母的都以他們為榮。

最後一程

不管說什麼，她最後的一句話就是：「你快來看我！」

金門阿嬤，高齡九十有九，前一段日子，還能夠打牌，身、心兩方面，在我們養老院的老人群中算是佼佼者。最近一連跌了幾跤，雖然沒傷到大骨，畢竟是體力不支了，兒子替她請了一位二十四小時的看護，自己則因無法分身，只能偶爾來院探望一下。

看護叫阿娥，大家對她都很熟悉，我在洗衣間遇到她，聊了起來，我說：「妳是很有經驗的，阿嬤可以很放心了。」哪知她回答說：「才不是那樣，阿嬤整天都在找她兒子，隔不一會兒，就問她兒子來了沒有？我只好找各種理由搪塞她，快應付不下去了。」阿娥還說，當阿嬤精神好的時候，堅持要自己打電話給兒子，責問他為什麼把她丟在這裡，兒子在電話那頭勸了又勸，不管說什麼，她最後的一句話就是：「你快來看我！」

在我的感覺裡，阿娥是個很有經驗的看護，而且又是女的，照顧阿嬤一定比兒子們還方便，但阿娥說：「我也想不通，老人家到最後，都很想親生的兒女們，想盡辦法要他們來……」

初住進養老院的時候，曾和幾位有子女的爺爺奶奶們聊天，大家都很豁達地表示，之所以住進來，主要的就是要把自己顧好，不想麻煩子女。因為這時段，正是他們為事業衝刺或是扛著培育下一代的重任，再分心照顧我們，真的太辛苦了。我們住在這裡，子女們能抽空來看看我們就很好了，不必凡事都找他們。

阿娥還談起，前一段日子，她照顧一位李奶奶，在最後一段日子裡，臥在床上的奶奶，唯一的意識，就是想著她的兒子，時時刻刻喚著他的名字，兒子大老遠地來了，她要他陪她去市場，說要買菜回來，然後再炒給他吃，怎麼可能哩？她已動彈不得，哪有辦法做菜？她還照顧過一位百歲的阿公，也是天天吵著要叫兒子來，見到他兒子的時候，就要兒子帶他去上班，他早就神志不清了，奇怪的就是仍舊念念不忘他的子女們。

這也不由得使我想起了已經離世的父母，父親在最後一程也是安置在養護所中。我每天開車去看他，有時是早上，有時是午後，他看到我的時候，臉上沒什麼表情，多數時間是我和他聊天，我說他聽。但是照顧他的看護暗地裡告訴我，他雖已口齒不清，但會說：「她是我女兒。」也會把我的名字說出來。母親病重的時候，是住在榮總，那時我還有一家子要照顧，所以請了二十四小時的看護，我自己每天也很早就趕到醫院，總聽到看護說：「阿婆一醒來就問，妳來了沒有？」我的心似乎被揪了一把，原來在父母的眼裡，子女是他們最後的依靠，只有子女能讓他們安心。阿娥說：「雖然我也很用心陪伴爺爺奶奶，但他們看到自己的兒女，就是不一樣。」

我已老矣，但還不到臥床的地步，目前的心態仍是不想麻煩兒女們，但不知道到了最一程，會不會也和金門阿嬤一樣？

輯肆

樂在新境

年華老去

從來不覺得自己是老太婆，如今被人家一提醒，忽然覺得自己的步履蹣跚起來。

最近，和華姊乘計程車回家，司機和我們搭訕起來，他看起也有些年紀了，談起最近賣假油事件，此事在報端早已談論得沸沸揚揚，他的談話沒啥新意，我們只好微笑不語，但他愈談愈起勁，最後問一句：「兩位老婆婆，妳們說是不是？」什麼？居然叫我們婆婆，前面還加上一個「老」字，這話多麼刺耳，我和華姊只好相視苦笑，我們有這麼「老」嗎？

華姊今年八十一歲，我少她五歲，我們相聚的時候，從來不覺得自己是老太婆，如今被人家一提醒，忽然覺得自己的步履蹣跚起來，再看看對方的頭髮，也已白蒼蒼的一片，眼角的皺紋多得像魚尾。我們剛從一處牌局散下，同桌的邱姊和龔姊，年齡更在我倆之上，邱姊的手力已經不行，摸牌會發抖，龔姊的視力也很差，六條或八條看了半天，還要問別人，奇怪的是，咱們四人在一起玩牌的時候，沒人想到自己老了。老不老是要比較的，如果有個比我們年齡小的站在一起，馬上就被比了下去。回到養老院，全院都是蒼蒼老者，互相看來看去，都還滿順眼的，也不覺得自己特別老，這大概就是所謂的物以類聚吧。

文友春涵來電話，談起「老」這個話題，她說：「哎呀，我不知道，老是這麼可怕的。」我回問：「不然呢？妳以為如何？」「我以為老了，人生的歷練圓熟了，寫出來的東西一定更有智慧，就像晶瑩剔透的寶石，哪知道老會和病相連在一起，我最近去看一位老師，她也不過八十多歲，當年風姿綽約的她，被骨刺的毛病，折磨得不成人形，把我嚇了一跳……」「不用嚇，有空你來我們養老院看看，不但身體會衰弱，腦力的退化才更可怕，前一刻剛說過的話，下一刻就忘了，剛吃過午餐，又拿著筷子進餐廳，說肚子餓了，食、衣、住、行，多無法自理……」「天哪，請妳不要再說下去了。」「其實，妳還不算太老，一甲子而已，趁著還能寫的時候，多多發揮所長吧！」

星期日，和大孫女一家相聚，慶祝她十九歲生日，一道道大菜上來，大家吃得很高興，一面閒聊著，冷不防聽到一聲嬌嫩的喟嘆：「我好老囉，都十九歲了！」聽得我起雞皮疙瘩，青春寫在臉上，皮膚吹彈可破，卻自嘆老了，那她四十餘歲的媽媽，七十多歲的外婆，該擺到哪兒去？但是，我也不能禁止她有這種想法。我順口問她：「妳怎麼覺得妳老了？」她理直氣壯地回答：「十九歲不是比十八歲老了一歲？」我反問：「妳不覺得妳長大了嗎？」她很自然地回說：

「長大了，也就是老了！」「噢。」這是她對「老」字的定義，也不能說她不對。年輕人有這種想法，該高興呢？還是覺得感傷？

現在，我反問自己，「老」是什麼？當幾個七、八十歲的老婆婆擠在牌桌上，嘻嘻哈哈玩得高興的時候，誰也不覺得自己老了；可是一個早熟的女孩，只有十九歲，卻自嘆老矣，看來，「老」則老矣，有什麼關係呢？

不期而遇

歲月流轉，時光改變了一切，當年自負滿滿的秀容，居然變得如此柔軟……

在萬芳醫院公車站等車，人群相當擁擠，眼角瞥見一位老太太，像是一位拾荒者，頭髮斑白零亂，身材肥垮，黑色的衣褲沾著油膩，正低頭在她的破包包裡尋找什麼？車子來了，大家往前擠，但不是我的車號，也不是她的車，兩人對看了一眼，互相認出對方，同時驚呼：「妳！」

老太太名叫秀容，我們相識於三十多年前，如今我們年齡都已七十多歲，我的形態也蒼老了許多，如果不是面對面仔細觀看，根本認不出彼此。「妳來這裡幹嘛？」我明知故問。「來這裡還會幹嘛！」她把手臂一伸，可以看到貼著的一團棉花球，「我剛抽完血，明天還要來看報告，這是例行的檢查，隔一段時間就得來一次。」「那可是真麻煩，是什麼毛病？」「毛病可大了，我得了類風濕關節炎，已經許多年了。」她伸出雙手，讓我看她的指節，各節都似乎腫大些，「我的手指，每一小節都會痛，做家事、拿東西都不方便，但是有什麼辦法，日子還得過下去……」「妳現是做完檢查回家？」「沒那麼好命，我還得趕到深坑，去看那一口子！」她所謂的那口子，就是她的先生。繼續談下去，才知道她的先生因中風行動不便，換了好多家醫院，都是她每天在看顧，前些日子醫院拒絕收容，只好住在一家養護中心，她經常得住家和養護中心兩頭跑，多年下來，自己完全變了樣。

再聊下去，話題轉到我身上，我告訴她，我也是來拿藥的，我有高血壓的毛病，每個月得到醫生那裡報到一次，拿一個月的藥，同時還準備了一小瓶救命丹，如果發現心跳的頻率不對，就要在舌下含一片，趕快到醫院急診。「咳！有什麼辦法？人總是會老的，愈老毛病愈多，受折磨啊……」兩人同時點點頭。談著談著，我們都誤了幾班公車，她的車子又來了，只好揮揮手，互道珍重。

車子開了，眼前留下她邋遢的身影。這哪裡像秀容？回想當年，四十來歲的她，正當熟齡，我們初識於一個合唱團，她的歌聲嘹亮，身材婀娜，出場演唱的時候，她總是站在第一排當中的位子，是引人注意的一顆星星。我們都是文學院出身，所以比較接近，有較多話題可以交談。她可是畢業於名校，應聘北部明星中學教席，詩詞嫻熟，深受學生們愛戴。她的家庭也相當美滿，先生一表人材，是帥氣的空軍軍官，育有二男，各有成就，都住在離她不遠，親子關係良好。因此，她自視頗高，特立獨行，旁人的話，多進不了她的耳朵，誰要是批評她，就馬上開口回擊。在合唱團中，我們對比自己年長的團友，都尊敬幾分，她則直呼其名，連我們的團長，也不例外。

歲月流轉，時光改變了一切，當年自負滿滿的秀容，居然變得如此柔軟；一個容光煥發的少婦，轉眼間成了幾乎無法辨識的拾荒婦。當公車遠去的時候，我在心中默默地祝福她，願她和她的先生，都早日恢復健康。

掌心向下

人逢老年掌朝下，耳聾眼花笑哈哈，兒孫之事毋須問，心平氣和度年華。

老友澄子來養老院看我，聊起了她的家事。她家就住在往貓空的路旁，是老式的三合院，院落很大，她自己住正房，女兒和二兒子分住兩旁，她還有一個大兒子，已搬離家門，有自己的房子，就在知名的住宅區。

澄子的丈夫已離世多年，當年經商有成，留下一些積蓄，她就抽出一部分為兩個兒子各買了一幢房子。老大是上班族，自己有車，所以選了一個比較清靜的住宅區，三房兩廳的樓房，三十多坪大小，四口之家，住得相當舒服。老二在市場附近經營一間雜貨店，生意相當忙碌，母親就近替他相中了一間房子，方便他來來去去，這個地段的房價比住宅區要高出許多，與大兒子房子同樣的款項，在這裡只能買到二十來坪的建物，心想小兒子夫婦，加上十歲的小孩，不過三口之家，住下來也不顯得侷促，哪知二媳婦心生不滿，覺得不夠體面，不肯搬過去，就讓房子空在那兒。

澄子持家慣了，三餐都是由她料理，媳婦過門來，沒有下廚的機會，因此也樂得輕鬆。過不久，她發現廚房廢物桶中丟了好多食物，觀察之後，原來是媳婦處理掉的，她問媳婦，「為什麼要如此浪費？」媳婦老實回答，「因為太難吃了。」澄子一聽之下，火冒三丈，第二天要求媳婦來掌廚。媳婦得了旨意，一大早上市場採購，辛苦了一上午，午餐上桌了，大姑翻了幾筷之後，問小嬸烹調中是否忘了放鹽，怎麼這樣難吃？媳婦反唇相譏說：「我可不是在鹽山中長大的。」大家不歡而散。從此以後，她們就成了一「家」兩制，各吃各的。

晚餐後的正廳，打開電視，本是一家團聚的時刻，可是二兒子忙著店務，很少回家吃晚飯，剩下三個女人，加上一個小孩，卻分成三國。小孩當然要看卡通；澄子和女兒看台語節目；媳婦要看西片。妥協的結果，媳婦房中再添一台電視，時間到了就回自己房間看她的節目；阿嬤疼孫子，將就著看兒童節目，等他上床了，才是她真正的娛樂時間。談到這裡，澄子不禁長嘆一聲。

所謂家家有本難念的經，我本以為澄子的家庭單純，應該過得稱心如意，哪知她一開口，卻盡是苦水。忽然想起我最近在老人中心的詩詞班學的一首打油詩：「人逢老年掌朝下，耳聾眼花笑哈哈，兒孫之事毋須問，心平氣和度年華。」我慢慢地一句一句念給她聽，她問我，「掌朝下是什麼意思？」我告訴她老師的解釋，手朝下就是「給予」的意思，反之，掌朝上，就是向人要東西，或接受別人的施捨，想想看，到了老年，還要看人臉色，日子就不好過了。至於「耳聾」「眼花」可能是真的耳聾或視力模糊，也可是假裝沒聽到或是沒看到，也是凡事不要太計較的意思。至於兒孫之事，那更別太去操心，凡事都介入，哪有笑哈哈的心情？

澄子聽了，一直點頭，我陪她上了公車，臨別時她在車上向我打了個手勢，把手掌朝下，我們相視一笑。

讓步

為了不要再虐待為自己工作了一輩子的膝蓋，我已自動退出登山這一類的活動。

從來沒有想過，自己有這麼一天。

本來最喜歡的桌球，一打就打上兩、三個小時，一直自豪地認為它是我補充精力的發電機，是我永遠不會厭倦、永遠不會放棄的運動。有一天竟然發現自己萬般無奈地一步一步遠離它。

先是，腳不聽使喚了，左腿總是比右腿慢半拍，以前奔前奔後的靈活，漸漸地弛緩了，因為有絆跌之虞。

有了顧忌，只敢跟小學五年級的孫女對打了，她有運動細胞，又對各球類有興趣，漸漸地會抽球、殺球，進而也會旋球，陪打的我，也有疲累的感覺。有一次，多打了一些時間，第二天渾身倦懶，整整臥床一日，起床時竟需裹著連寒流來時也少穿著的棉大衣……這哪是當年代表公司「出征」的乒乓隊員？簡直是病婦一個。感觸雖深，卻也不能不退讓，桌球！我最喜愛的一種運動，我不能站在最前線了。

然後，不知什麼時候開始，下樓梯覺得膝蓋隱隱作痛。以前，登山時一路奔跳下山，沒事人似的，如今，下山變成我要慎重考慮的活動。多年登山的老朋友只要和我一起登山，現在都盡量選平坦的路徑、避開有階梯的地方。曾幾何時，經常爬山的我，幾乎成了同伴的累贅，心裡的嘔，真不是一般人所能了解，即使如此，我也不能硬裝好漢，為了不要再虐待為自己工作了一輩子的膝蓋，我已自動退出登山這一類的活動。

事情到此為止了吧？不，還有更傷心的。游泳，也是我喜好的運

動之一，以前，下水游個一千公尺是稀鬆平常的事，從來沒有想過，這最喜愛的活動居然也會受到限制。起初，游完三式，攀梯上岸時，會有一小步顛躓，分不清是暈眩還是腳步的踉蹌，起先是偶一患之，但次數多了之後，不禁自己警惕起來，會不會是血壓的問題？一般來說，運動有益身體，但運動之後，血壓難免會升高，高齡長者，大多數都有高血壓的症狀，環顧泳池，高齡如我者，寥寥可數，如果有一天，跌倒池畔，被登上報紙，那可不妙。前思後想，還是小心為上。游泳池，我要向你告別了，雖是萬般不捨，人是不得不服老的。今後，應該可以平平順順過日子，沒有什麼再會被剝奪的吧？

不然！我摸了幾十年的方向盤，最後幾年，為了方便帶孫子們出遊，換了一部七人座車子，阿嬤一人在前，後座吱吱喳喳，其樂融融，可真是熱鬧了一陣子。當不載他們的時候，只見一位斑髮老嫗，高踞駕駛座，縱橫市井，看得年輕女士們張目結舌。可惜好景不再，問題還是出在膝蓋上，煞車踩久了，膝蓋會顫抖，連帶踩油門的動作也不俐落起來，車子的速度因而不夠平穩，這時我心中想，最大的孫子都已經拿到駕照，長江後浪推前浪，應該輪到他來載我了，我也該自駕駛座退休了，如此這般，把握方向盤的樂趣，也就到此為止了。

為此，一度心情頗感低落，但回頭一想，我還可以踏著平穩的步伐上下公車，這可不是每個同年齡的人可以做到的，為了這些，我不該感恩嗎？

我與小丸子們

這些小丸子，到底在我生命中，扮演了何種角色？如果沒有它們，我能走過這些漫長的歲月嗎？

我一直以為自己的身體不錯，年過半百，就抱了孫子和孫女，大家都讚我是年輕的阿嬤。也就在這時候，大女兒有位好友在保險公司上班，希望我幫她做個業績，參加一種健康保險，條件很優厚，年齡限制在五十五歲以下，我那時五十四歲。

我答應參加，依照契約，先要到公立醫院取得體檢證明，紀錄出來了，一切都很好，但是血壓偏高！怎麼可能？家族中沒有病史，我平日對飲食也很注意，而且持續運動，體重也維持正常。既然有高血壓，就不能參加「健康」保險，那位業務員朋友委婉地建議：「伯母，那您要不要到別的醫院再檢查看看。」因為沒什麼急迫需要，此事也就擱在一邊。

不久，我和幾位朋友到大陸旅行，其中有一站是購物活動，包括藥物販買，入口處坐了一位護理師，專門為客人測量血壓，我也順便伸個手檢查，結果收縮壓一百九十，舒張壓九十，這數字把我自己嚇了一跳，心想也許他們為了賣藥，故意調高數字來嚇唬人，不過也下決心回台之後，一定要好好查一查。

回來沒幾天，就到心臟科掛號，經專科醫師反覆查驗，果然是血壓偏高。隨即開了處方，要服用降血壓藥，而且一旦服用之後，不能隨便停藥，藥名叫「脈優」，那是我服用的第一顆小丸子。此後，我每隔一段時間，就得到心臟科報到，服藥之後，血壓尚稱穩定，細心的醫師給我建議，為防中風，最好加服一顆「阿斯匹靈」，這是我的第二顆小丸子，而且也要長期服用，心中雖然十分不平，但已不像第一次那樣震撼了。

有一次，在公車上，突然一個急剎車，感覺心臟亂跳起來，而且久久不見平復。那次以後，常覺得心跳有時快、有時慢，順便把這情形報告了心臟科醫師，他細心聽診了一會兒，聽出心律有些不整。「那該怎麼辦？」我問，「加開一種藥。」他答。加開的藥名叫「脈序律」，「先服用看看，如果情況有改善，就繼續吃下去。」它成了我的第三顆丸子。一般說來，心血管的病患，也要提防膽固醇過高，我實在覺得很冤枉，日常飲食，總是少油、少糖、少鹽，但醫師勸我，為防萬一，最好加服「立普妥」，於是它成了我的第四顆丸子。

步入了老年階段，由於腸胃退化，便祕是許多老人的困擾，我也不能例外，儘管每日七蔬果，木瓜、香蕉不斷，問題還是不能解決，只好請教腸胃科醫師，開出的處方是「仙塞落」，以備不時之需，這是我的第五顆小丸子。

回顧過去，自中年服用「脈優」開始，隨後又陸續加服各種小丸子，迄今已二十餘年，目前我已七十又五了。除了這些藥丸之外，偶有小恙，又得加服各類消炎片、退燒藥，養生方面，維他命丸、維骨力丸、補眼丸……也少不了，屈指一算，數目真是驚人！

我真不曉得，這些小丸子，到底在我生命中，扮演了何種角色？如果沒有它們，我能走過這些漫長的歲月嗎？但無論如何，我應該心懷感激，感謝良醫的協助，感謝上蒼賜給我多年的平安。

而且年齡愈增長，行動愈遲鈍，如今連下坡也是小心翼翼的了。

虛有其表

七十五歲時，某日有位晚輩來拜訪，說我看起來模樣都沒變，活動起來，依舊活潑俐落，很為我慶幸。事實上，當時的我渾身上下，毛病可多著呢。

先談談視力，俗話說，美目倩兮，眼睛是靈魂之窗。早在大學時代，即已戴上眼鏡，即使有美目，也被擋在鏡片之後。四十五歲考駕照時，檢查人員一再測試，最後總算勉強過關，好不容易考上駕照。

五十歲時，體檢到視力這一關，醫生告訴我，疑似青光眼。於是我馬上到眼科求診，每回量眼壓，結果都是偏高，醫生建議我動手術，膽小的我，不敢造次，轉診到大醫院仔細檢查，結果喜出望外，原來先前那位醫師誤診了，因而保住一雙眼球。但是隨著年紀的增長，視力日漸衰退，還出現飛蚊症狀，一來就一大片，看書或電視都不能持續太久，外表看來仍是那副眼睛，但功能已大不如昔。

再談牙齒，正面看起來，門牙倒還有些模樣，可是若提起大牙，早就不知上了幾次牙科。先天的齒列不整齊，咬合不準，吃東西的時候，老嚼不碎，只覺得一堆藤蔓在嘴裡纏來繞去，吃不知味。後來有幾顆倒了，拔的拔，補的補，還花了大錢，植上好幾顆，儘管如此，花了許多心血，後來仍是只能靠左邊大牙咀嚼，奉醫師之囑，大概每月都得上一次牙科，檢查和矯正。

至於身上的毛病，那更不用提了，就以膝蓋來說，早就給我添了不少麻煩。年輕時頗喜好踏青或爬山，忽地有一天，一踩階梯，膝蓋隱隱作痛，跟大夥勉強走完全程，回來馬上去看醫生，醫生囑咐以後要量力而為，如果勉強，後果會很嚴重。自那以後，遇到坡路，只敢下，不敢上，少了許多活動的樂趣。而且年齡愈增長，行動愈遲鈍，如今連下坡也是小心翼翼的了。

若談起長期服藥，那我可算是老資格了，以心血管病為例，降壓的「脈優」，早在十幾年前就開始服用，而且一旦用了之後，就不能中斷，心臟科醫師經常為我測血壓，隨著血壓的增減，變動藥物的份量，一下子增半顆，一下子又減半顆，時常把自己都搞糊塗了。後來，在量血壓時又聽出心律有不整的現象，這一下可熱鬧了，又要加服半顆藥丸，再加上營養食品等等，又是飯前，又是飯後，真是一陣混亂。藥服多了，當然影響到腸胃，最常見的現象是打嗝，一股脹氣在腸胃中，真是不舒服，如果去找醫生，會開來更多的藥物，只好自己在飲食方面多節制，盡量避免油膩的食物，多補充各類水果。

每日午、晚餐後，有散步的習慣，在平坦的走廊上，倒也能夠來去自如，看在拄拐杖、推助行器的爺爺奶奶們眼裡，像是來去如風，都認為我是健康的幸運兒。事實上，自己的毛病，一點也不比他們少，只是虛有其表而已。

慢步向前

隨時得控制自己的情緒，凡是太興奮或太激動的時候，都得暗暗告訴自己要冷靜……

鳥啼聲把我吵醒時，我本想像往常一樣，一骨碌地起床，奇怪了，身上哪裡在抽痛，而且坐不起來，用左手勉強撐起左半身，慢吞吞晃悠悠地，總算把把自己給拉起床，這有些不像往常的自己，心中暗自吃了一驚，難道我就這樣不中用了，我「老」了嗎？想想七十六歲的我，不承認也不行。

首先感覺不便的是膝蓋，每當上、下階梯時，沒有辦法伸縮自如，尤其上台階，會隱隱作痛，到捷運站時，只好選擇電扶梯，看到年輕人一溜煙地跳上跳下，只好用羨慕的眼光目送他們。再來，是腳板，以前可以大踏步向前，愛怎麼走就怎麼走，現在覺得腳底有些不穩，如果沒有踩好，有踉蹌的感覺，一不小心，把腳給扭了，要拐著行走好幾天。至於腰部，承受了上半身所有的重量，特別容易受傷，到了我們這種年齡，很少可以倖免的。記得年輕時參加「四健會」，二十圈坐下來，臉不改色，現在玩個三、四圈，就覺得腰桿僵硬，非得站起來走動一下，同桌的戰友們，有年齡超過我的，看他們的表情，就知道早已腰痠背痛，歲月真是不饒人。

再看看自己的皮膚吧，以前白皙的臉龐，現在已經斑點處處，從紅色到褐色，還加上灰色和黑色，形狀大大小小、奇奇怪怪，當初還想用藥物去治療，一邊消除，一邊又冒出來，最後只好隨它們去了。手上的肌膚，不知什麼時候，起了皺紋，尤其各個指縫之間，摺得不忍卒睹，凸起的青筋，看得一清二楚，習慣了也就算了。七十歲以後，只要見陽光，皮膚就脹紅起來，掛門診請教醫師，開了一些防曬液，讓我塗抹，並囑咐說，不可常被太陽曬到。事實上，我已很小心了，但總不能一點陽光都不見吧，更奇怪的是，鼻子紅得像酒糟，人家喝酒才會這樣，我滴酒不沾，卻常常引起誤會，以為我是酗酒的老太婆。

吃東西的時候，更令人慨嘆，我那不爭氣的牙齒，早已掉得七零八落，從五十多歲起，就開始跑診所，拔的拔，補的補，植的植，現在「門面」看似還不錯，可是咬起食物來，只能囫圇吞棗，有骨頭的食物盡量不碰，免得傷了大牙，瘦肉也少吃為妙，否則，剔牙齒花的時間比進食還來得長。

我個人還有血壓的問題，自年輕時候就有偏高的現象，看了醫生之後，開了降血壓的藥，這一吃不得了，終生都停不下。隨時得控制自己的情緒，凡是太興奮或太激動的時候，都得暗暗告訴自己要冷靜，老伴也經常在身旁留意，只要看到我的臉色脹紅起來，就會碰碰我的手肘提醒。有幾位老同事，也曉得我有血壓的問題，很感謝他們，經常留意我的毛病，隨時協助我克服難題。

起床時無法一骨碌躍起，這是一個訊息，告訴我「老矣，老矣」！把自己的身體從上到下檢討一番，毛病都出來了，但是，下得床來，日子還是要過，如果沒有辦法大步前行，那就減低速度，慢步地向前吧。

星星殞落

也許是壓抑過久所致吧，這麼一個健康的朋友，就此消失了，令人無限慨嘆！

最近整理照片，驚覺有許多位老朋友，已經在身邊消失了，想到古人那句詩：「訪舊半為鬼，驚呼熱中腸。」

品梅，年齡和我相近，身體硬朗，每年體檢的評等都是甲等，是師院的教授，能歌善畫，深受學生歡迎。我們參加同一個合唱團，她以嘹亮的歌喉，與我們共度過許多快樂時光。她的家庭美滿，先生經商，兩個兒子均在美國留學。六十四歲那一年，正計畫次年休假與先生作環球之旅時，突然接到噩耗，大兒子在異國不幸因車禍喪生。相聚時，她不願影響大家的情緒，仍表現得十分平靜，不讓我們看到她的眼淚，其實她的心底在淌血。不久，得知她住進了醫院，更不好的消息是，她的肝臟長了腫瘤，也許是壓抑過久所致吧，這麼一個健康的朋友，就此消失了，令人無限慨嘆！

阿從，我們是鄰居，比我小三歲，姊姊叫阿平，和我同齡，我和姊姊比較投緣，每當阿平和我談笑的時候，阿從想要插嘴，都被嫌太幼稚，只能當個小跟班。其實，她的學業優異，一路順利升學，考上理想的大學，畢業後出國留美，取得高等學位，結婚生子，一帆風順。她出國之後，我們已很少聯絡。去年，阿平回國，帶來震驚的消息，阿從走了！她是得了不治的癌症，當阿平最後去看她的時候，已經瘦得不成人形，幾乎認不出來，阿平一面說著，一面掏面紙拭淚。昔日的亭亭少女，怎麼一下就消失了？

晉秀大姊，比我年長十來歲，是我們合唱團的領導人物。發號施令，毫不含糊，誰要是遲到、早退，總被罵得不敢抬頭。她也是麻將高手，常帶我們幾個生手玩牌，我們出錯了張，她會不厭其煩地說明，直到我們懂了為止，和她在台上的風格判若兩人。幾個生手嘻嘻哈哈，並不十分認真學習，她笑著罵我們一聲：「渾球！」後來咱們彼此都以「球」相呼，鬧成一團。大姊有高血壓的毛病，不慎中了風，但她仍拖著身體來參加各種活動，直到臥床不起，如今我們都十分懷念她的風範。

朋友聚在一起，常會提起令嫻，她情感豐富，寫得一手好文章，搞笑工夫一流，頭上包個頭巾，歪聲唱起黃梅調，逗得大家眼淚都笑出來。念瑚又是另外一型，文靜而喜好戲劇，常和好友丹扉一起逛電影街，下午接到晚上，可以連看三部電影，她的耐力，著實驚人。回憶讀女師的室友惠文，彈得一手好鋼琴，下筆更是鏗鏘有聲，可惜所適非人，鬱鬱以終。

如今，滿天星斗，一顆顆的殞落了，想要搭一桌麻將，談何容易？走的走了，剩下的幾個，不是玉珍腳痛，就是南華咳嗽，再就是水天要看牙……哪像以前，一聲吆喝，湧來一群。看著零落的星斗，這裡一顆，那裡一顆，何等寂寥？此景此情，不堪回首，殞落的星星啊，我真想念你們。

披肩

當大家收到這一份晚來的禮物，會是怎樣的懷念與不捨呀？

那年耶誕節，很意外收到一件禮物，那是好友品梅的先生送的，他姓夏，和去年辭世的品梅鰜鰈情深。品梅去世之後，他消瘦了許多。

接過包紮得很大方的一個包裹，他看我眼中疑問重重，沉痛地說：「這是品梅生前交代的。」打開包裹，是一件毛料披肩，質料比我所有的衣服都好，這就是品梅的作風，對朋友盡心而慷慨。我含著眼淚，把披肩捧回家，慎重地掛在衣櫃裡。每回開衣櫃的時候，都會憶起這位老朋友。

我和品梅是在合唱團認識的，她的歌聲嘹亮，中氣十足，是團中的主將，待人熱心慷慨，由於我們同在教育界服務，所以話題特別多，她在市郊的山腰置了房舍，風景幽美，常邀我們夫婦玩玩小牌，局後循例享受一頓美食，她廚藝十分高明，令我們讚賞不迭。因為是常客，所以也觀察到她和先生感情深厚，例如他們的浴室，有一對並排的馬桶，起先覺得奇怪，熟了之後，攀談起來，她說她和先生常同時上洗手間，兩個人可以聊個天，也可商量一些事情，夫妻之間，可以如此相處，真是讓我開了眼界。

「妳知道嗎？每年我們體檢時，也在同一間病房，兩張床，他一張、我一張，住一個晚上，挺好玩的。」可是，這次體檢，給她帶來晴天霹靂，也給我們帶來震撼，醫院通知她肝臟必須複檢，報告出來了，確認長了腫瘤，且已到了末期，醫生建議開刀一搏。這訊息對夏先生來說，真是打擊太大了，我們都擔心他是否承受得了。

接著下來的是一陣忙亂，住院、開刀、化療。原本身體頗為壯碩的她，瘦得只剩皮包骨。我常到病房陪她，病榻之旁，和我談起兩件事。其一，去年此時，她家中發生大不幸，她在美國很優秀的大兒子因車禍不幸喪生。聞訊之後，夫婦倆趕往美國，內心滴著血，處理完事情，沉痛的情緒迄未舒解，也許是她得病的原因。這樁事我們是知道的，她內心的傷痛，我能理解。其二，她很擔心先生不能自理生活，現在正慢慢訓練他使用電鍋、洗碗筷、清房間等等，聽了讓我一陣鼻酸。

病魔最終沒有放過她，以六十四歲的盛年，她結束了生命的旅途。但，她就是這樣地細心體貼，在病榻上，還想到未來的聖誕節，為朋友準備什麼禮物，當夏先生捧著一包東西到我跟前時，我看他眼中閃著淚光，我也不禁潸然淚下。我想，品梅不單是給我準備了禮物，她一定也為許多其他的朋友都準備了，當大家收到這一份晚來的禮物，會是怎樣的懷念與不捨呀？

目送夏生先離去，他那愈顯瘦削的背影，沉重的腳步，讓我憶起品梅在世時，他倆繾綣的生活，不禁感慨良深。但願他能把品梅生前所訓練的課程，煮飯、熱菜、洗刷等等，都能做得得心應手，把自己照顧好，方不負她臨終的殷殷期盼。

鄉親們

每當開學的時候，送給我一個紅紙袋，足供我交了學費，因此，讓我感到同鄉的溫暖。

不久前接到一通電話，電話的那端用鄉音向我說話，我也用久已不說的家鄉話和他攀談起來。他是建祥，到目前為止，在台北唯一還和我有聯絡的同鄉，一時感慨萬千，無數的往事，也都在我古稀的心版上重現。

我的故鄉是福建閩清縣，六歲隨父母來台後，再也沒回去過，所以對家鄉幾乎沒有留下什麼印象。來到台北之後，我家和一位同鄉許伯伯住在同一院子，我是獨生女，而對方則家口眾多，大家都用鄉音交談，我的家鄉話是在這時候慢慢熟練起來的。但是上學的時候，在學校都說國語，所以，只有在家中才說家鄉話。建祥的家和我們家位在同一巷子，因為是同鄉，我們也時常串門子，所以小時候我們可以用家鄉話交談。但成長之後，就各奔東西了。

許伯伯為人幹練，長於社交，好多同鄉都在他家走動，連帶著我們也認識了不少同鄉前輩。那時，我們的家境不太好，父親因受白色恐怖案件連累，沒有在家，母親必須負起家計，而我上學的學費沒有著落，「同鄉會」及時雪中送炭，每當開學的時候，送給我一個紅紙袋，足供我交了學費，因此，讓我感到同鄉的溫暖。

師範學校畢業之後，我被派到學校服務，在那裡認識了我的另一半，初交往的時候，並不注意到籍貫，有一天，忽然聽見他和另一位同事說起家鄉話，一問之下，才曉得他是閩侯縣人，就在我家鄉的隔鄰，把他帶回家見父母親的時候，他就用家鄉話和父母親攀談起來，彼此都感到十分親切，留下了很好的印象，長輩也就答應了我們的婚事。我們結婚的時候，就在同鄉會的會址大開筵席，雙方的親友，居然可以在席上彼此用鄉音交談，也是佳話一樁。

隨著時光流逝，我們的子女長大了，而父母親也老邁了，同鄉的親友逐漸凋零。許伯伯一家，算是同鄉中最興旺的，有三女二男，老大讀完大學，出國去了，不久，老二也跟著出去，再不久，全家都移民走了，同鄉們聚集的中心也就沒落了。他居住的那間大院，算是日本人遺留的房產，至今尚未處理，早已殘破不堪，偶爾路過，憶起往昔的風光，許多故人的面孔參差浮現，真是不勝唏噓。

建祥對同鄉的事務非常熱心，他出了社會之後，工作非常忙碌，但身邊總帶有一本同鄉名錄，三不五時會去電問好，前不久到新加坡旅遊，知道有一位同鄉遷居在那邊，千方百計終於把那位同鄉找到，回到台北之後，再把詳情轉告大家知道。但他也告訴我，現在名單上的名字，一個個的劃掉，已沒剩下幾個了，聽了之後，感到一陣落寞。

入住養老院之後，有一年的年底，忽然有人到櫃台找我，說福建同鄉會要發給同鄉老人壓歲錢，見了面之後，有三位同鄉晚輩，塞給我一個大紅包，還用同鄉話和我交談了一陣子，感到非常難得。記得賀知章曾有一首詩，頭兩句是：「少小離家老大回，鄉音無改鬢毛催。」我今鬢毛已衰，而卻老大「不」回，真是情何以堪？

友誼似陽光

彼此的友誼，幾十年後，依舊不變。

我很喜歡朋友，可能因為我是獨生女，家中沒有兄弟姊妹的緣故吧？

小學時候的好朋友，名叫汪莉莉，她家住在牯嶺街，離我的住家羅斯福路很近，我們上同一所小學。她每天都來我家門口等我，一起去學校，放學時，我們也晃晃悠悠一同回家。我們常到植物園揀相思豆、採藍莓子，總有說不完的話，若少了彼此，似乎就活不下去。每天早上，只要門外響起叫聲，父親就催促我：「妳快一點哪，人家來啦！」我就趕快放下早餐的筷子，一溜煙跑出家門。

在學校，我們還有一個共同的朋友，名叫郭圭如，不知什麼原因，郭圭如和汪莉莉吵了一架，彼此不講話，我當和事佬，勸她們和好，可能因為措詞不當，把她倆都得罪了，後來她倆和好了，卻把錯誤都推到我身上，而漸漸和我疏遠，我一下子失去兩個好朋友，感到非常孤單。這時，家庭發生變故，父親因涉白色恐怖案件，被捕下獄，經濟頓失支柱，母親靠做手工撫養我，母女倆相依為命。

上了初中，由於家庭背景，顧忌很多，不敢暢開胸懷來交朋友，遇到了同病相憐的麗君，她雖有父親，但因後母作梗，父親對她非常冷淡，兩個孤單的女孩，有吐不完的苦水，下課時就在走廊上談個痛快，常常誤了進教室的時刻。高中我上了師範學校，也遇到兩位好友，美娜寄居在大哥籬下，父母都不在身邊；碧珊的父親早逝，靠母親拉拔長大。彼此同病相憐，常因同唱一首歌曲，感慨身世而落淚；同看一篇文章，怨嘆遭遇而哭泣。彼此的友誼，幾十年後，依舊不變。

進入了社會，在工作環境中，也認識不少朋友，卿珍是在教務處的同事，待人誠懇，處事圓融，即使有人欺騙她，她也不予計較，還是以真心相待，因此感動了許多同事，也以善意回報，她凡事總是為別人著想，希望助人一臂之力。後來她雖遠赴異國，許多朋友都很懷念她，直到現在，我們仍連繫不斷。

年過半百之後，有幸認識了南華，她的特質是樂觀、堅毅、耐心傾聽，她常有接不完的電話，多是訴苦或希望慰藉。如果知道她的身世，我們會大吃一驚。原來，她在年輕的時候，即因先生外遇而離婚，一子一女都靠她拉拔長大，現在子女都已成年，但尚未嫁娶，她雖抱孫心切，卻也無能為力。若論她的體質，更令人不敢領教，她的視覺，有一眼失明，觀看不便；左腿被車子撞斷，行動須靠拐杖助行；腸胃經常不適，需靠藥物調整。但是，她比誰都更能正面看待事情，朋友遇到難題，都喜歡找她傾訴，她會平靜地領人走出迷津，知道她背景的人，更是佩服她不屈不撓的堅毅精神。

人生的旅途，慢慢地將近盡頭，一路上認識了許多朋友，他們都似陽光一般，讓我的心靈感受到無比的溫暖，也使我感到真正的富足。

四十年一聚

他們見到我，就把我團團圍住，廳上坐著的爺爺奶奶們看呆了，這麼多人比手劃腳，讓他們眼花撩亂。

我師範畢業之後，實習一年，即轉到聾啞學校服務。聾生的特質，就是不能用口語溝通，在學校中全都打手語，我個人對手語十分有興趣，很快就和聾孩子們打成一片。幾年之後，他們把我看成同一族，彼此沒有什麼距離。我在聾校任教，直到退休，認識的畢業生有好幾十屆，所以常有聾友來看我。

入住養老院，輾轉相傳，好多聾學生都知道了，他們都有我的電話。某日，房間內的電話響起，話筒裡傳來稚嫩的聲音：「你是黃老師嗎？」「是。」「我是聾啞人姜達安的兒子，爸爸叫我打的電話……」我腦海諸多名字中，隱約浮出達安的面龐，那是我三十多歲時教過的學生，畢業後就沒再見過他，至少有四十年了吧？我馬上回答：「喔，有什麼事嗎？」「爸爸說，很想念妳，想去看妳，可以嗎？」「我住在台北的養老院，他隨時都可以來。」

隔不多久，我手機上出現簡訊：「○月○日上午十時，我們搭捷運在○○見面好嗎？有好多同學都要一起來看妳。」我愣住了，是○○捷運站？還是○○社區站？他可能對這附近的地標並不熟悉，我回了一個簡訊，要他確定到底是哪一站？好幾天過去了，沒有收到回訊，只好癡癡地等。某個星期三的上午十點，手機響起，出現了幾個字：「老師，妳今天怎麼沒來？」糟了，這些聾孩子，他們的溝通不如打電話說得清楚，我給他的簡訊，他根本沒收到，一定是手機的振動他沒注意到。正在懊惱的時候，忽然櫃台報告，有兩輛計程車載了許多比手劃腳的朋友來找我。天哪，這些孩子，說風就是雨！

馬上衝到一樓大廳，他們見到我，就把我團團圍住，廳上坐著的爺爺奶奶們看呆了，這麼多人比手劃腳，讓他們眼花撩亂。達安比了一個飛機丟炸彈的手語，意思是他們「轟地」來了，再一看，林啟南、沃蘆生、林美玲、佘麗蕾……還有幾個一時記不起名字了，怎麼？駱毓娟也來了，我打手語問她：「妳不是住在花蓮嗎？」「是的，知道消息之後，我一定要來，老師，妳過去幫我好多忙，我一直記在心裡。」一遠從花蓮來到這裡，令我好不忍心。這時，吃午飯的時間已到，他們堅持要自己買餐券，一夥人圍在大長桌上，引起餐廳一陣騷動，大家的眼光都被手語吸引住了，爺爺奶奶們都在好奇，到底在談什麼？我們正在討論，飯後要去貓空呢！

沃蘆生去過多次，就由他帶大家上山，那天纜車剛好故障，只好搭乘公車上貓空，逛了樟樹步道、樟湖步道、銀河洞、指南宮等景點，最後在茶葉推廣中心歇腳，喝完又香又濃的文山包種茶，大家搭車下山，終點是木柵的動物園。

下了車，我們就分道揚鑣了，算算這一班學生，除了外縣市的幾個，全都來了，四十年難得一聚，不知再聚又是何年何日？

終點

我們心中雖有萬般不捨，但並不後悔，讓他痛快地走總比拖著要好。

陳奶奶今年已經九十多歲，看起來瘦骨嶙峋，但健康良好，行動自如，大家都相信她還會活得很久。她心腸慈善，篤信佛教，手中總是挽一串佛珠，口中念念有詞，某人生病了，她就在詞中加上這人的名字，讓菩薩保庇他。平日喜歡助人，也捨得樂捐，許多人都得到她的贊助。得到接濟的人，常會對她說：「願妳長命百歲。」她聽了之後，一點高興的表情也沒有，趕忙回答：「哎喲，不行哩，我不想活那麼久，浪費糧食，我希望菩薩早點讓我走，老了，沒有用了，應該放我走，快快地抵達人生的終點。」

八十八歲的葛奶奶，早年跌了一跤，把腿骨跌斷，走路需要人攙扶，最近又患了柏金森症，雙手抖得厲害，拿東西都不穩，再加上視力逐漸衰退，看書看報都有困難，雖然請了一位二十四小時的看護，但也不能幫什麼大忙。前幾天和幾位老朋友去看她，知道她喜歡打牌，建議她上桌消遣幾圈，哪知玩不到一圈，她就頹然而廢，因為進牌出牌都必須依賴別人指點，來來去去浪費許多口舌，真是沒啥玩頭。她慨然嘆道：「老了，活著真是辛苦，如果有安樂的藥針，真希望來一針，一了百了。」

堂哥是標準的公務員，畢生奉公守法，也因為小公務員收入微薄，終其一生，不敢成家。到了年老的時候，將所有積蓄買了一間房子，退休後就孤獨地住在那兒，自己又不懂得炊煮，三餐都外食。到了九十歲的時候，疾病上身，缺人照顧，還得天天拖著帶病的身子，到外面解決吃飯的問題。終於有一天，外出時因身力不支而倒在路旁，好心的店家叫了救護車將他送到醫院，輾轉找到我這多年未聯絡的堂妹，趕到醫院時，他已無法語言，急性肺炎到了末期，醫生判斷生命已無法挽回，詢問我和另一位親戚，要否氣切或插管？為了減輕他的痛苦，我們毅然搖了頭。次日，他就溘然長逝。我們心中雖有萬般不捨，但並不後悔，讓他痛快地走總比拖著要好。我想，即使他自己，也會做同樣的決定吧。

至於我自己，是二十多年高血壓的老病號，吃下的藥物，少說也有一提箱，看起來能跑能跳，很可能說倒就倒。我曾見過高血壓患者，併發心肌梗塞，沒幾分鐘就走向人生的終點；但我也見識過因高血壓併發的腦溢血，成了植物人，在床上一躺二十年，受盡折磨，只差一步就是跨不過去。當然希望，自己會是前者，但是，生死的事，由不得自己挑選，我是基督徒，但願上主恩待，讓我如願以終。

入住養老院之後，更體察到諸多狀況，有一部分老者，身體尚稱健康，精神也很開朗，與同伴互動良好；但有的則終日惶惶，病痛纏身，有的拄枴杖，有的推輪椅，經常進出醫院；更有一部分長者，智力退化，起居飲食，均有賴他人輔助，生活無法自理，真是苦不堪言。

不知自己到終點的時候，會是什麼光景？

如魚得水

選擇和老人們聚居。在年輕人面前頗為介意的白髮，在這裡白得像銀一樣，才更受讚美。

去看公保門診碰到的都是老人，有的駝了背，有的僂著腰，有的跛著腳。不過，也有打扮整齊的，女士們頂上雲鬢輕搖，明知那是假髮，卻也風韻猶存。心想，自己也許是在這些形象之外吧？走過玻璃門，不經意一看，只見一個矮個子的老太太，慢慢向前移動著，步履雖還平穩，但和那些人沒什麼兩樣，輕輕一嘆，誰也逃不過歲月的折磨啊！

轉念一想，還好我已住進了養老院，前後左右都是老人，感覺不出自己有什麼特殊。經過我身邊的同伴們，有骨質疏鬆的、有視力模糊的、有耳朵失聰的、有柱拐杖的、有推助行器的……有的人只有其中一項，有的人兼了兩、三項，所以只要症狀輕微的，就足堪自慰了。老人們在這種環境中，倒還優遊自在，加上服務人員熱心招呼，親切協助，絲毫沒有受輕視的感覺。

回憶十八歲的時候，分發到小學服務，隔壁班的喜老師，常常誇讚我年輕、漂亮。我卻不以為然，年輕嘛，也許有的，漂亮談何容易？臉型平平凡凡，眼睛不夠大，鼻樑不夠挺，肌膚不夠白，身材不夠高，哪兒談得上漂亮？每次，我都很心虛地謝絕她的讚美。但她的讚賞依舊，也並非出於虛偽。那時，喜老師大約五十多歲，頭上已見白髮。也許，在她心目中，年輕就是最美的吧？現在出門，搭公車或捷運，年輕人常讓位，看著站在面前英挺的身材，青春洋溢的笑容，女生們吹彈可破的肌膚，不禁從內心發出一聲讚嘆：「年輕就是美啊！」回想當年喜老師，所說的話還真有一些道理。

如今，年過七十五歲的我，選擇和老人們聚居。在年輕人面前頗為介意的白髮，在這裡白得像銀一樣，才更受讚美；在外面，行動略有不便，經常受人白眼，在這裡，行動嚴重不便的，則更受禮讓；在外面，老人忘三落四，會受人譏笑，在這裡，即使忘了你是誰，還是有人提醒，你的大名是什麼；在外面打麻將，動作略為遲緩，就有催促的聲音，在這裡，不用著急，有人出牌比你更慢；在家裡，你吃東西滿桌狼藉，會招來媳婦的埋怨，在這裡，你只要管好自己的餐盤就好；上醫院，常因搭錯電梯而找不到診間，在這裡，即使上錯了樓層，還是有人好心帶你回房。

住在這裡，可以選擇參加自己喜歡的活動。例如宗教方面，有佛教的誦經、有基督教的主日聚會、有天主教的望彌撒等等；如果想動動筋骨，每天下午三點，有定時的健康操運動，由大廳的螢幕放映影像帶動；如果想一展歌喉，可到視聽室唱唱卡拉ＯＫ；如果希望打打小牌，只要能搭好人數，上麻將間就一切搞定；如果想步行散心，不遠處就有一片清溪綠地，可以聽水觀魚。每當我在溪邊漫步的時候，常覺得住在養老院，真如小魚找到牠的溪水，得以過著悠游的歲月。

老年學・學老年特輯❷

心不老、人就不老

◎邱靜如（國立成功大學醫學院老年學研究所副教授）

老年時期若能有好的生活品質與幸福感，是所有老年人最大的期待，而能夠增進老年人幸福感的重要心理健康相關要素則包含：維持自尊和尊嚴、心理調適能力、社會支持或跟重要他人有溫暖之關係，甚至是文化連結、感覺有用或存在的價值意義。本輯中的許多小故事，在在印證了這些要素之重要性。

如何與衰老、疾病共處？

儘管生理年齡是社會定義老化的標準，但是心態才是個人老化與否的重要因素，心不老、人就不老。作者在〈年華老去〉中勾勒出對老的主觀印象和保持年輕心境的重要性：「全院都是蒼蒼老者，互相看來看去，都還滿順眼的，也不覺得自己特別老」。此外，對老覺得既光榮又焦慮也是常見的心態：「我以為老了，人生的歷練圓熟了，寫出來的東西一定更有智慧，就像晶瑩剔透的寶石，哪知道老會和病相連在一起」。

其實，在台灣，十位老年人中便有八位至少有一項慢性病。慢性病不僅可能帶來病痛與不便，更造成老年人心理的負擔，包含需要的用藥或自我照顧與心理適應，遠超過許多人的想像。在〈我與小丸子們〉和〈虛有其表〉中都提到與慢性病共處的問題：「這是我的第二顆小丸子，而且也要長期服用，心中雖然十分不平，但已不像第一次那樣震撼了」。慶幸的是，試著與疾病共存，接受目前的狀況，其實老年人是有機會從疾病中獲得成長。

如何達到老年最適化的平衡？

〈慢步向前〉中作者便提到：「把自己的身體從上到下檢討一番，毛病都出來了，但是，下得床來，日子還是要過，如果沒有辦法大步前行，那就減低速度，慢步地向前吧。」說明了老化調適的方式，也印證了「選擇最適化與補償理論」的想法，透過自我正向心理調適和行為改變的過程，因應老化歷程的變動，達到老年最適化的平衡。

又例如，在〈讓步〉中的心得：「我還可以踏著平穩的步伐上下公車，這可不是每個同年齡的人可以做到的，為了這些，我不該感恩嗎？」說明了正向心理學中轉念的重要性。當然，慢性病帶來的衝擊與影響，不僅是與疾病共處的人需要學習如何心理調適，身為家人或朋友，若能學習如何給予支持和鼓勵，相信老年人更能接受病痛，學習開口求助或接受幫助，也能在自己的限制下，尋找新的自我。

如何調適社會角色的改變？

老年人在老化的過程中，也因為面臨許多的角色喪失及改變，容易產生社會性孤立或心理及情緒困擾，在〈掌心向下〉中提到的打油詩：「人逢老年掌朝下，耳聾眼花笑哈哈，兒孫之事毋須問，心平氣和度年華。」亦提醒老年人應保持怡然自得的心態，避免負面思考，對於萬事萬物多從正向去看，便能調適外界帶來的改變，作自己情緒的主人，亦不會被負面的想法牽著鼻子跑。

如何建立心靈上的依靠？

老友與持續交友的重要性也在文中透露無遺，〈友誼似陽光〉中：「人生的旅途，慢慢地將近盡頭，一路上認識了許多朋友，他們都似陽光一般，讓我的心靈感受到無比的溫暖，也使我感到真正的富足。」凸顯友誼在晚年生活中的重要性。老年人習慣選擇能為自己帶來歡樂的朋友，隨著年齡增長，朋友對一個人的健康和快樂愈來愈重要，甚至超過家人。其中，當有來自同鄉的人可與自己互動，因為相同背景，更可讓老年人心理產生情感性的依靠，〈鄉親們〉一文中便是透露了文化連結在老年人心理健康中的重要性。

老年人為何焦慮？為何恐懼？

當友伴離開人間，很容易使老年人有哀傷、甚至悲慟的反應。〈星星殞落〉這篇小文便是透露了友伴凋零的負擔：「看著零落的星斗，這裡一顆，那裡一顆，何等寂寥？此景此情，不堪回首，殞落的星星啊，我真想念你們。」其實，若能感同身受老年人失落的痛苦，容許難過、掉淚，甚至暫時的自我封閉，老年人自然能繼續邁開步伐，走接下來的人生旅程。

除了面對友伴或重要他人凋零的失落，老年人面對自己死亡與未知未來的焦慮一直是老年時期的重要議題，〈終點〉這篇小文中「不知自己到終點的時候，會是什麼光景？」作者就透露了對死亡與未知未來的焦慮。在面對人生必然的終點死亡中，其實最令老年人擔憂的是控制感的消失及來生的不確定性。老年人他們並不是那麼害怕死亡，而是擔憂臨終的過程。恐懼痛苦、寂寞、懲罰，失去身體、失去自我控制，對死後的未知、對未來的無法預期，尤其是緩慢而痛苦的瀕死過程，對於老年人造成的恐懼經常更甚於死亡本身。

同居共老，正向調適

同居共老是很新的議題，而也在作者的經驗中得到肯定。在〈如魚得水〉一文中，作者輕鬆的心得：「常覺得住在養老院，真如小魚找到牠的溪水，得以過著悠游的歲月。」人在老化過程當中遭遇的各種心理壓力並非較年輕的世代可以輕易理解，除了生理上日漸退化的失落感，生命過程中不斷經歷失去的過程亦會使老年人容易情緒低落。然而因為老年人的生活經驗遠多於年輕世代，因此不容易由年輕世代的言語得到真正療癒的效果。同居共老這樣的模式提供相似世代老年人間交往的快樂，此外也容易建立老年人之間親近的往來，建立良好的支持網絡。

如同在〈不期而遇〉中，作者的觀察：「歲月流轉，時光改變了一切，當年自負滿滿的秀容，居然變得如此柔軟」，老年階段是生命歷程不斷累積成長而來，儘管老年階段充滿了歧異性，但若能如作者般，面對生理狀態與社會角色的轉變都能在心理上正向調適，也保持活絡的社交與社會參與，相信老年生活人人都能精采可期！

親愛的讀者：
感謝您購買《一群人的老後》一書，為感謝您對本書的支持與愛護，只要填妥本回函，並寄回本社，即可成為三友圖書會員，將定期提供新書資訊及各種優惠給您。

姓名＿＿＿＿＿＿＿＿ 出生年月日＿＿＿＿＿＿＿＿
電話＿＿＿＿＿＿＿＿ E-mail＿＿＿＿＿＿＿＿
通訊地址＿＿＿＿＿＿＿＿
臉書帳號＿＿＿＿＿＿＿＿
部落格名稱＿＿＿＿＿＿＿＿

1 年齡
□ 18 歲以下 □ 19 歲～ 25 歲 □ 26 歲～ 35 歲 □ 36 歲～ 45 歲 □ 46 歲～ 55 歲
□ 56 歲～ 65 歲 □ 66 歲～ 75 歲 □ 76 歲～ 85 歲 □ 86 歲以上

2 職業
□軍公教 □工 □商 □自由業 □服務業 □農林漁牧業 □家管 □學生
□其他＿＿＿＿＿＿＿＿

3 您從何處購得本書？
□博客來 □金石堂網書 □讀冊 □誠品網書 □其他＿＿＿＿＿＿＿＿
□實體書店＿＿＿＿＿＿＿＿

4 您從何處得知本書？
□博客來 □金石堂網書 □讀冊 □誠品網書 □其他＿＿＿＿＿＿＿＿
□實體書店＿＿＿＿＿＿＿＿ □ FB（三友圖書－微胖男女編輯社）＿＿＿＿＿＿＿＿
□好好刊雙月刊 □朋友推薦 □廣播媒體

5 您購買本書的因素有哪些？（可複選）
□作者 □內容 □圖片 □版面編排 □其他＿＿＿＿＿＿＿＿

6 您覺得本書的封面設計如何？
□非常滿意 □滿意 □普通 □很差 □其他＿＿＿＿＿＿＿＿

7 非常感謝您購買此書，您還對哪些主題有興趣？（可複選）
□中西食譜 □點心烘焙 □飲品類 □旅遊 □養生保健 □瘦身美妝 □手作 □寵物
□商業理財 □心靈療癒 □小說 □其他＿＿＿＿＿＿＿＿

8 您每個月的購書預算為多少金額？
□ 1,000 元以下 □ 1,001 ～ 2,000 元 □ 2,001 ～ 3,000 元 □ 3,001 ～ 4,000 元
□ 4,001 ～ 5,000 元 □ 5,001 元以上

9 若出版的書籍搭配贈品活動，您比較喜歡哪一類型的贈品？（可選 2 種）
□食品調味類 □鍋具類 □家電用品類 □書籍類 □生活用品類 □ DIY 手作類
□交通票券類 □展演活動票券類＿＿＿＿＿＿＿＿

10 您認為本書尚需改進之處？以及對我們的意見？
＿＿＿＿＿＿＿＿

感謝您的填寫，
您寶貴的建議是我們進步的動力！

大齡人生02

一群人的老後

我在台北銀髮村的三千個日子

作　　者　黃育清
策　　畫　好室書品
特約編輯　陳靜惠、傅安沛
封面設計　白日設計
內頁排版　洪志杰

發 行 人　程顯灝
總 編 輯　呂增娣
主　　編　翁瑞祐、羅德禎
編　　輯　鄭婷尹、吳嘉芬、林憶欣
行銷總監　呂增慧
資深行銷　謝儀方
行銷企劃　李昀
發 行 部　侯莉莉
財 務 部　許麗娟、陳美齡
印　　務　許丁財
出 版 者　四塊玉文創有限公司

總 代 理　三友圖書有限公司
地　　址　一〇六台北市安和路二段二一三號四樓
電　　話　(02) 2377-4155
傳　　真　(02) 2377-4355
電子郵件　service@sanyau.com.tw
郵政劃撥　05844889 三友圖書有限公司

總 經 銷　大和書報圖書股份有限公司
地　　址　新北市新莊區五工五路二號
電　　話　(02) 8990-2588
傳　　真　(02) 2299-7900

製版印刷　卡樂彩色印刷製版有限公司
初　　版　二〇一七年八月
定　　價　新台幣二九〇元
ＩＳＢＮ　978-986-95017-5-0（平裝）

國家圖書館出版品預行編目 (CIP) 資料

一群人的老後：我在台北銀髮村的三千個日子 / 黃育清著 . -- 初版 . -- 台北市 : 四塊玉文創 , 2017.08
　面；　公分 . -- (大齡人生 ; 2)
ISBN 978-986-95017-5-0(平裝)

855　　　　106012493